SPELLS & SILVER BELLS

Édition française

A WICKED GOOD MYSTERY SERIES

LUCY MAY

DÉVOUEMENT

« Chaque joueur doit accepter les cartes que la vie lui distribue. Mais une fois qu'il les a en main, lui seul doit décider comment les jouer pour gagner la partie. » –Voltaire

CHAPITRE UN

MOIRA WICKED

Debout devant mon comptoir de cuisine, je savourais une longue gorgée de vin. J'étais seule ce soir car Liam était à Boston pour quelques jours. Thanksgiving approchait, et il neigeait dehors. J'adorais les premières neiges, si jolies lorsqu'elles givraient le paysage. Verre de vin à la main, j'ai enfilé une paire de bottes pour me réchauffer les pieds, puis je suis sortie sur ma terrasse arrière.

La lumière résiduelle qui filtrait par les fenêtres faisait scintiller la neige qui tombait dans l'obscurité. On aurait dit que le ciel saupoudrait de la poussière de fée.

J'ai respiré profondément, avalant l'air frais et frissonnant légèrement. La neige qui tombait brouillait l'éclat de la lune. L'océan qui s'étendait au loin n'était pas visible, hormis le bruit des vagues qui roulaient sur le rivage.

Alors que je me tournais pour rentrer, j'ai entendu un craquement lointain et des voix qui appelaient. Puis tout est redevenu silencieux. Comme j'avais bu pas mal de verres de vin quand ma cousine Emma et ma meilleure amie, Zoe, étaient venues dîner plus tôt, je suis restée sur la terrasse encore quelques instants, attendant de déterminer si j'entendais autre chose. Seuls le bruit des vagues qui se brisaient et la légère chute de neige me parvenaient. Une petite bourrasque a balayé la terrasse, faisant danser mes cheveux en désordre.

Pensant que je devais avoir des hallucinations, j'ai secoué rapidement la tête et me suis retournée pour rentrer. Incapable de dissiper mon sentiment de malaise, je n'ai pas pu résister à l'envie de descendre jusqu'au rivage. Quelques instants plus tard, arrivée à la falaise, j'ai scruté l'océan en balayant du regard le rivage sombre.

Dans un éclat de lumière argentée à travers les nuages, mon souffle s'est bloqué dans ma gorge quand j'ai aperçu un bateau contre les rochers à une courte distance sur le rivage. Sortant mon téléphone de ma poche, j'ai rapidement composé le numéro de Daniel Lévesque, le chef de la police de Charm Cove.

Après avoir signalé l'accident de bateau, je me suis précipitée sur le sentier rocailleux menant à la plage. Même dans l'obscurité, avec la neige qui tombait et rien d'autre que la lumière brumeuse de la lune à travers les nuages pour me guider, je connaissais le chemin par cœur et j'ai réussi à descendre. Courant le long du sable, j'ai crié, espérant que quelqu'un réponde à mes appels. Je *savais* que je venais d'entendre des voix.

Aucun son ne m'est revenu.

J'ai atteint le bateau en question. C'était un bateau de pêche —il y en avait des centaines dans cette partie du Maine. Comme la plupart des petites villes côtières de la région, Charm Cove possédait un port et de nombreuses familles qui gagnaient leur vie grâce à la mer.

L'âge d'or de la pêche commerciale dans le Nord-Est était depuis longtemps révolu, mais cela ne changeait rien au fait que la pêche était un mode de vie dans le Maine. J'ai envisagé de grimper dans le bateau éclaté, mais j'ai décidé que ce n'était probablement pas prudent. Du moins, pas avant que quelqu'un d'autre n'arrive. Même si je pouvais utiliser ma magie pour me téléporter dedans et en sortir si quelque chose tournait mal, je pourrais quand même avoir des ennuis.

En examinant la petite cabine du bateau, il était certainement possible que tout le monde ait survécu. En fait, je m'attendais à ce que ce soit le cas. Seule la proue du bateau s'était fendue là où il s'était écrasé contre les rochers. Le reste du bateau était intact.

Pendant que j'attendais, mon téléphone a vibré dans ma poche. En le sortant, j'ai vu le nom de Liam sur mon écran. Il était plus de minuit, alors je n'avais aucune idée de la raison pour laquelle il m'appelait à cette heure.

Inquiète, j'ai fait glisser mon doigt sur l'écran, portant le téléphone à mon oreille.

— Salut ? Tout va bien ?

— En fait, c'est pour ça que je t'appelle. Nathan vient de m'appeler. Il ne savait pas que j'étais hors de la ville. Le phare a cessé de fonctionner, a dit Liam, en faisant référence au phare de Beacon's Charm. Le cousin de Liam, Nathan, gérait le phare. Techniquement, il fonctionnait grâce à la magie et ce, depuis sa création il y a plusieurs siècles.

Si le phare avait cessé de fonctionner, nous avions un vrai problème.

— D'accord, c'est bizarre. Je suis sur la plage parce que j'ai entendu un craquement et des voix. Il y a un bateau de pêche sur les rochers, et personne n'est là. Je viens d'appeler Daniel. J'ai fait une pause, en voyant une lumière vive descendre de la falaise derrière ma maison, et le son des voix qui me parvenait. Il est en route vers la plage en ce moment. Je devrais y aller.

— Je rentre maintenant. Je serai là dans quelques heures. Sois prudente, a dit Liam tandis que je raccrochais.

Que diable se passait-il ? La magie du phare s'était éteinte, et un bateau de pêche s'était écrasé. Pour ajouter à ces événements étranges, pour autant que je puisse en juger, il n'y avait personne aux alentours même si j'étais certaine d'avoir entendu des voix venant d'ici quelques minutes auparavant.

Plusieurs lumières sont apparues derrière Daniel, des faisceaux lumineux dansant dans l'obscurité alors qu'ils descendaient la falaise et la plage vers moi. En peu de temps, mes deux parents étaient là, ainsi que Daniel, tante Lea, oncle Jacob, et Nathan Good. Nathan semblait très préoccupé et a immédiatement annoncé à tout le monde que la magie du phare était morte.

Toutes les têtes se sont tournées vers lui.

— Quoi ? a demandé Jacob, d'un ton sec.

— Exactement ce que je viens de dire.

— C'est impossible ! a déclaré ma mère. Il fonctionne grâce à la magie. Le sort pour ce phare a été jeté il y a des siècles. Il a toujours été incassable.

Un murmure a parcouru le groupe, et ce sentiment de malaise en moi s'est intensifié.

Un accident de bateau, un phare en panne, et aucune trace des voix que j'avais entendues. Oh, et Noël était juste au coin de la rue.

CHAPITRE DEUX

Le jour suivant, la boutique était bondée. Mais Persnickety Potions & Gifts était toujours bondée à l'approche de Noël. Des foules de touristes flânaient toute la journée dans les magasins du centre-ville de Charm Cove. Le bon côté de cette folie, c'était que nous gagnions de l'argent à tour de bras, et j'étais trop occupée pour ressasser les événements plutôt inquiétants de la veille.

La police s'affairait à comprendre ce qui s'était passé, et ils avaient fait appel aux Garde-côtes pour vérifier si le petit bateau de pêche avait émis des signaux de détresse avant de s'écraser sur le rivage. Malgré mon envie de descendre sur la plage pour découvrir exactement ce qui s'était passé, j'avais des clients dont je devais m'occuper.

— Excusez-moi, dit une voix.

En me retournant, je découvris une femme qui attendait au comptoir. J'étais en train d'emballer un cadeau pour la cliente précédente qui patientait à côté du comptoir, en examinant une petite collection de pierres ensorcelées.

— Comment puis-je vous aider ? demandai-je.

— Je cherche un bracelet à breloques, répondit la femme avec un léger sourire. Ses bras étaient chargés de sacs provenant d'autres boutiques du centre-ville de Charm Cove, ce qui indiquait clairement qu'elle était une touriste.

— Nos bracelets à breloques sont là-bas dans le coin, dis-je en désignant de ma main libre le coin où Delia aidait une autre cliente au comptoir des bijoux. Delia sera ravie de vous aider.

— Merci beaucoup, dit la femme en se dirigeant vers le coin.

Je pris un moment pour observer la boutique. Celia et Delia, mes jeunes cousines jumelles, étaient là cet après-midi, mais c'était à peine suffisant pour faire face au nombre de clients qui défilaient. J'avais envisagé d'embaucher une aide temporaire pour les fêtes, mais je n'étais pas sûre que cela en vaudrait la peine. C'était un problème pour un autre jour et bien moins urgent que le naufrage et les trois personnes disparues.

J'ai fini d'emballer le cadeau pour l'autre cliente et l'ai raccompagnée d'un signe de la main. Après son départ, j'ai eu un court répit à la caisse. J'ai pris quelques minutes pour m'assurer que nous étions à jour dans notre nouveau système informatique.

— Moira Wicked ?

En levant les yeux, j'ai vu Opal Good s'approcher du comptoir. Opal était la tante de mon petit ami Liam. J'étais surprise de la voir, ne serait-ce que parce qu'elle gérait Beauty Bewitched, la boutique de la famille Good de l'autre côté de la place du village. Ils étaient tout aussi occupés que nous en cette période de l'année.

— Salut, Opal, comment vas-tu ? Qu'est-ce qui t'amène ici ?

Les cheveux foncés striés d'argent d'Opal étaient tressés et noués en chignon au sommet de sa tête. Elle portait des boucles d'oreilles en perle avec un collier assorti. Mince comme un fil, elle portait sa tenue habituelle : un pantalon noir avec un chemisier blanc. Par ce temps froid, elle avait ajouté une veste en laine grise à sa tenue.

— Eh bien, ma chère, je suis passée pour t'informer, si tu ne le savais pas encore, que Nathan a disparu. La dernière fois que quelqu'un l'a vu, c'était hier soir quand il est descendu sur la plage pour prévenir tout le monde de la panne de la lumière du phare, dit-elle, avec un calme assez remarquable, je dois dire.

— Quoi ?!

— Exactement ce que je viens de dire, répondit Opal en tambourinant du bout des doigts sur le comptoir, ses ongles cliquetant rythmiquement sur la surface en verre. Daniel est déjà chez lui pour enquêter. Je ne sais même pas quoi penser.

Avant que j'aie pu dire un mot de plus, mon téléphone portable a sonné là où il était posé sur le comptoir. J'ai vu le nom de ma mère s'afficher sur l'écran et j'ai regardé Opal. — Je suppose que c'est ma mère qui appelle pour me dire la même chose. Excuse-moi une seconde.

Un client s'est approché du comptoir. En répondant rapidement au téléphone, j'ai dit : — Salut, maman, je te rappelle. Opal est déjà ici.

— D'accord, ma chérie, l'ai-je entendue dire juste au moment où je raccrochais.

En regardant autour de moi, j'ai croisé le regard de Celia qui se trouvait un peu plus près du comptoir. En lui faisant signe de s'approcher, j'ai regardé Opal. — Allons à l'arrière, ai-je dit en inclinant la tête vers le rideau de perles derrière moi.

Celia s'est précipitée et a contourné le comptoir, s'occupant immédiatement du client qui attendait.

— Merci, ai-je articulé silencieusement tandis qu'Opal me suivait à l'arrière de la boutique.

Le rideau de perles a doucement tintinnabulé derrière nous. Tirant un tabouret près de la table de travail, j'ai fait signe à Opal de s'asseoir. Elle s'est immédiatement assise pendant que je prenais le téléphone pour appeler ma mère.

Ma mère a décroché à la première sonnerie. — Alors, tu as entendu ? a-t-elle demandé, allant droit au but.

— Oui, Opal me dit que Nathan a disparu.

— Eh bien, elle n'a pas encore entendu toute l'histoire alors... commença ma mère.

J'ai rapidement coupé : — Attends, laisse-moi te mettre sur haut-parleur pour qu'Opal puisse entendre.

Appuyant ma hanche contre la table de travail où nous étiquetions l'inventaire et préparions occasionnellement des potions, j'ai appuyé sur le bouton du haut-parleur de mon téléphone et l'ai tenu entre Opal et moi.

— Maman dit qu'il y a plus de nouvelles, ai-je expliqué.

Opal a arqué un sourcil bien épilé. Avec ses traits fins et pointus, elle avait un air patricien. — Bonjour, Camille, dit-elle.

— Bonjour, Opal, répondit ma mère. Gabriel vient de recevoir un appel du poste de police. Outre la disparition de Nathan, les trois personnes qui étaient sur le bateau sont au poste de police avec Daniel en ce moment. Ils affirment que quelqu'un a lancé un sort de dissimulation. Apparemment, ils se trouvaient sur la plage près du bateau pendant que nous y étions tous. Ils pouvaient nous entendre et nous voir, mais nous ne pouvions pas les voir. Ils n'ont aucune idée de qui a lancé le sort, et ils craignent qu'un autre sort ait déréglé leur système de navigation. Ils se dirigeaient vers le port lorsqu'ils ont été pris dans un courant et ont perdu la trace de leur position.

— Oh mon Dieu. C'est dingue, dis-je.

Les yeux d'Opal s'élargirent. Elle n'était pas facile à surprendre. — Je me rends au poste de police. Tu veux venir avec moi ? demanda-t-elle rapidement en se levant du tabouret et en lissant son pantalon de ses mains.

— C'est trop occupé ici, ai-je répondu. Autant j'avais envie d'y aller avec elle, il était définitivement trop occupé pour que je laisse les jumelles s'occuper de tout.

Opal a acquiescé. — D'accord. Camille, veux-tu me retrouver là-bas ? demanda-t-elle, les yeux fixés sur l'écran du téléphone.

— Bien sûr. J'y serai tout de suite.

Après qu'Opal se fut précipitée dehors et que j'eus raccroché, je suis retournée à l'avant, l'esprit en ébullition. Je restais occupée, mais ce n'était plus suffisant pour me distraire de ces événements. La quantité de magie nécessaire pour rendre trois personnes invisibles était considérable.

Quelqu'un préparait un mauvais coup.

J'ai à peine eu un moment pour faire une pause pendant l'heure ou plus qu'il restait avant la fermeture de la boutique. J'ai envoyé un texto à Liam juste après la visite d'Opal, lui faisant savoir que son cousin Nathan semblait avoir disparu. Je m'accrochais à l'espoir que ce n'était qu'un hasard. Mais avec les événements de la nuit dernière, cela n'avait absolument aucun sens que Nathan parte sans que quelqu'un ne soit au courant.

À l'heure de la fermeture, je jetais sans cesse des coups d'œil à l'horloge, impatiente que Liam arrive. Ces derniers temps, il me déposait et venait souvent me chercher en ville pour le travail quand il allait dans la même direction.

Liam Good était l'homme que j'étais destinée à épouser si le sort jeté il y a plusieurs siècles tenait toujours. Bien que ce soit la dernière chose qui me préoccupait ce soir. Je m'inquiétais pour Nathan et me demandais ce qui se passait exactement.

En quelques minutes, la cloche au-dessus de la porte a tinté, et Liam est entré. Celia et Delia l'ont salué avec de grands sourires. Avec leurs cheveux foncés, leurs yeux bleus et leurs joues rondes et roses, elles étaient tout à fait adorables. Elles étaient également éprises de l'idée que Liam et moi étions destinés à être ensemble.

Liam les a saluées d'un sourire et d'un clin d'œil avant de s'approcher du comptoir où je totalisais les recettes de la journée. — Salut toi, dit-il, le grondement grave de sa voix faisant tournoyer une chaleur dans mes veines.

En levant les yeux, j'ai croisé son regard bleu et j'ai pu y lire l'inquiétude. Bien que je ne veuille pas bavarder devant les filles, nous avions beaucoup de soucis en ce moment. — Des nouvelles ? ai-je demandé, en gardant ma voix basse.

Appuyant sa hanche contre le comptoir, il secoua la tête, passant une main dans ses cheveux noirs. — Non. Je suppose que dans les quinze minutes qui se sont écoulées depuis notre dernière conversation, tu m'aurais fait savoir si tu en avais.

J'ai acquiescé, en appuyant sur le bouton pour enregistrer le décompte du jour, puis en éteignant l'ordinateur. — Rien de nouveau, et ça me rend folle. Nous devons retrouver Nathan.

— Allons à Enchanted Spirits. S'il y a des potins à entendre, c'est là qu'on les entendra. J'aurais vraiment besoin d'un verre aussi, répondit-il.

— Je te comprends. Es-tu allé au phare ?

Liam a acquiescé sèchement, ses yeux se tournant vers l'endroit où les jumelles rangeaient quelques présentoirs. Les jumelles entendraient tout de toute façon, mais nous préférions qu'elles ne s'impliquent pas trop dans l'enquête. Le dernier événement de magie qui avait mal tourné avait placé les jumelles en plein milieu de l'enquête. Bien qu'elles aient été celles qui ont attrapé le méchant, pour ainsi dire, aucun de nous ne voulait que cela se reproduise.

Avec cette situation – un naufrage, trois personnes disparues puis réapparues, un phare en panne et maintenant Nathan disparu – nous avions bien plus à nous inquiéter cette fois que de quelques cambriolages.

— Je vais fermer l'arrière et passer aux toilettes. Je reviens tout de suite, ai-je dit avant de quitter le comptoir. Me précipitant à travers le rideau de perles, je suis entrée dans la minuscule salle de bain. Après avoir fini, je me suis lavé les mains, jetant un coup d'œil à mon reflet dans le miroir. Mes cheveux noirs s'étaient détachés de ma queue de cheval, et ma peau était rougie, faisant ressortir mes yeux verts. Quand je m'activais toute la journée, mon teint clair avait tendance à rester rougi, donc la courte promenade jusqu'à Enchanted Spirits dans l'air frais était la bienvenue à ce stade.

Après m'être essuyé les mains, j'ai vérifié les verrous de la porte arrière, j'ai rapidement jeté un sort de protection et j'ai attrapé mon sac à main avant d'éteindre les lumières. Quand je suis revenue à l'avant, ma cousine Emma venait juste d'entrer pour récupérer ses jeunes sœurs. Les jumelles étaient les plus jeunes de notre génération, et une agréable surprise pour ma tante Lea et mon oncle Jacob.

Emma a souri quand elle m'a vue. — Salut, je suis juste venue chercher les filles.

Celia et Delia regardaient quelque chose sur l'un de leurs téléphones. Je me suis appuyée contre le comptoir à côté de Liam et j'ai fait signe à Emma de s'approcher. Elle s'est arrêtée à côté de nous, son regard devenant sérieux. — Des nouvelles ? a-t-elle demandé.

C'était la question du jour. — Rien. Rien depuis que nous avons appris la disparition de Nathan. Enfin, ça et la réapparition des trois personnes disparues du bateau.

Emma a acquiescé. — Oui, j'ai parlé à Zoe. Ils étaient au poste de police en train de parler avec Daniel plus tôt. Vous savez qui ils étaient ?

À ce moment-là, les jumelles se sont approchées. Si leurs oreilles avaient pu visiblement se dresser, j'étais certaine qu'elles l'auraient fait.

Emma a souri brillamment. — Alors je vous vois dans un petit moment ?

— Bien sûr, répondit Liam, glissant négligemment sa main dans la mienne. On se voit à Enchanted Spirits.

— Au revoir, les filles. À quelle heure serez-vous là demain ? ai-je demandé en regardant les jumelles.

— Nous avons école, alors nous serons là après trois heures, dit Celia.

— Parfait. J'ai déposé des baisers sur les deux joues et leur ai fait signe de partir alors qu'Emma les emmenant. Liam m'a suivie dehors tandis que je verrouillais la devanture et jetais rapidement un sort de protection sur cette porte aussi.

Jusqu'aux cambriolages de l'automne dernier, les serrures avaient été suffisantes par ici. Mais ces jours-ci, tous les commerçants, du moins tous ceux qui étaient des sorciers, jetaient maintenant des sorts de protection sur leurs portes. J'avais même pris l'habitude de jeter des sorts sur les portes des non-sorciers en passant devant. Ils étaient assez inoffensifs et ne pouvaient qu'aider.

Avec la main chaude de Liam enroulée autour de la mienne, nous avons traversé la place du village dans l'obscurité tombante. Charm Cove était tout simplement magnifique pendant les fêtes. Bien que légère, la première neige était restée. Avec les réverbères qui s'allumaient autour du centre-ville et les lumières de Noël qui scintillaient sur l'énorme sapin baumier au centre de la place du village, notre petite ville semblait magique.

Elle l'était vraiment. Cette petite ville était un bastion de pouvoir de sorcellerie. Des familles s'y étaient réfugiées durant l'hystérie autour des procès des sorcières de Salem. Charm Cove était connue dans le monde entier comme l'une des plus puissantes concentrations de sorcières au monde. Même si la magie était réelle, en surface, Charm Cove n'était qu'un autre charmant village de Nouvelle-Angleterre sur la côte pittoresque du Maine. La région était peuplée d'un mélange de Canadiens français, d'Irlandais et d'autres, remontant à quelques siècles.

Liam et moi étions silencieux en traversant la place. Il ne faisait aucun doute que la nouvelle du naufrage de la nuit dernière avait parcouru la ville, car elle figurait dans le journal quotidien de ce matin. Les messages quotidiens ne faisaient pas plus d'une page ou deux, avec une version plus longue disponible le week-end.

L'article de ce matin ne rapportait rien de plus qu'un naufrage. Il n'y avait aucune mention des trois personnes disparues. Les nouvelles avaient passé sous silence ce détail dramatique, indiquant que les familles des personnes concernées devaient d'abord être informées. *The Ink Spot* imprimait le journal de Charm Cove depuis quelques siècles. La famille Bishop dirigeait *The Ink Spot* depuis sa création et se trouvait être des sorciers. Ils étaient assez habiles pour naviguer entre le monde surnaturel et le monde tel que perçu par ceux qui n'avaient pas de magie à portée de main.

Liam m'a tenu la porte quand nous sommes arrivés à Enchanted Spirits. La chaleur et le bourdonnement des voix se sont déversés alors que nous entrions. Avec la main de Liam posée sur le bas de mon dos, je savourais ce point de contact. Je devais admettre que j'avais un petit frisson chaque fois qu'il me touchait.

Je suppose que c'était pratique, étant donné que nos deux familles insistaient pour que nous accomplissions notre destin, ce qui signifiait tomber amoureux et se marier. J'ai pris une profonde respiration, la laissant sortir avec un soupir. De temps en temps, j'étais dépassée en contemplant mon destin, pour ainsi dire. L'amour était déjà assez difficile sans ce genre de pression. Mon esprit a chassé ces pensées alors que nous nous frayions un chemin à travers le bar bondé jusqu'à une banquette dans le coin.

Ma cousine Emma n'était pas encore là, mais mon amie Zoe Lévesque nous a fait signe depuis le coin. En me glissant dans la banquette en face d'elle, mon inquiétude pour Nathan est revenue avec une force intense. Nathan nous rejoignait presque toujours ici, mais évidemment, il ne serait pas là ce soir.

Zoe a croisé mon regard ; ses propres yeux bruns inquiets. — Je sais. D'habitude, Nathan est là. Daniel n'est pas là parce qu'il est occupé à parler avec ces trois personnes qui ont disparu hier soir.

Liam a levé la main pour faire signe à la serveuse alors qu'il se glissait dans la banquette à côté de moi, passant son bras sur mon épaule. — Tout ira bien, dit-il.

— Comment peux-tu le savoir ? Je veux dire, Nathan a disparu, et le sort du phare est rompu. Celui qui a fait ça possède une magie sérieuse.

— Je sais, dit Liam en me serrant l'épaule, mais c'est bon signe que les trois personnes sur le bateau n'aient pas été blessées. J'espère que cela signifie que nous aurons bientôt des nouvelles de Nathan. De plus, il est sacrément puissant par lui-même.

Zoe a fait tourner sa fourchette entre ses doigts et a soupiré. — C'est vrai. Est-ce que quelqu'un sait comment défaire le sort de dissimulation ?

Liam a lentement secoué la tête. — Non. Ce n'est pas facile. J'ai parlé à Jacob aujourd'hui, et il pense qu'entre lui et ton père, il s'arrêta ici, tournant brièvement les yeux vers moi avant de continuer, ils pourraient le faire.

Cela ne me surprenait pas le moins du monde que mon père et Jacob, deux puissants sorciers, puissent défaire un sort de dissimulation, mais je ne voyais pas comment cela nous aiderait.

— D'accord, mais qui l'a fait, et pourquoi ? ai-je demandé.

Une serveuse est arrivée à notre table et a rapidement pris nos commandes. Nous avons tous les trois commandé des bières et des hamburgers pour le dîner. Une fois que la serveuse s'est éloignée, je me suis appuyée contre l'épaule de Liam. — Je pars du principe que tout ce bazar a quelque chose à voir avec le phare.

Zoe est restée silencieuse un moment, son regard pensif. — C'est ce que pense Daniel. Zoe se trouvait être mariée au chef de la police de Charm Cove. Enfin, il dit que le phare a été saboté, et comme le phare ne fonctionnait pas, le bateau s'est écrasé. Pour être honnête, c'est tout à fait logique.

Liam a ri doucement. — C'est sûr, mais ça n'explique pas tout.

— Ouais, comment diable quelqu'un a-t-il pu outrepasser le sort du phare ? Ça m'inquiète. Je veux dire, un sort de dissimulation demande du pouvoir, mais il ne dure qu'un certain temps, non ?

Les boucles brunes de Zoe ont rebondi tandis qu'elle hochait la tête. — J'espère juste que si un autre sort de dissimulation a été utilisé sur Nathan, il s'estompe bientôt aussi. Je n'arrive pas à croire que je dis ça, mais c'est mieux que l'alternative.

Comme conjurée par nos paroles, j'ai entendu la voix de Nathan. Tous les trois avons balayé la salle du regard alors qu'il apparaissait, se frayant un chemin à travers la foule. Il se glissa sur le siège à côté de Zoe avec un soupir vigoureux.

— Où diable étais-tu ? demanda Liam.

Nathan s'adossa, l'air épuisé. — Enfermé dans un putain de placard dans le phare. Quelqu'un m'y a enfermé. Pas besoin de magie.

J'ai immédiatement sorti mon téléphone, cherchant le numéro de ma mère.

— As-tu parlé à quelqu'un d'autre ? demandait Liam tandis que mon téléphone sonnait à mon oreille.

— Ouais, à sa mère, dit Nathan en me désignant. J'ai raccroché dès qu'il a dit ça. Et Opal et Lea. Elles étaient au phare en bas, parlant de je ne sais quelles conneries sur la magie pendant que j'étais en haut à frapper comme un malade sur la porte. Elles m'ont finalement entendu, et me voilà.

— Quand as-tu été enfermé dans le placard ? ai-je demandé en posant mon téléphone sur la table.

— Hier soir après avoir quitté la plage, ce qui était techniquement ce matin. J'ai décidé que j'étais réveillé, alors je pouvais aussi bien aller vérifier les choses là-bas. Je suis monté à l'étage supérieur, et quelqu'un m'a frappé à la tête et m'a poussé dans le placard. Bien sûr, c'était le milieu de la putain de nuit. J'étais un peu étourdi au début, mais après avoir réalisé que je ne sortirais pas, j'ai dû m'endormir. Je n'avais même pas mon téléphone sur moi parce que je l'avais laissé dans ma voiture. La réception est nulle là-bas à cause de ce sort. Une fois qu'ils m'ont libéré, nous avons appelé Daniel. Je crève de faim et j'ai besoin de manger. Daniel est au courant de ce qui s'est passé. Je lui ai donné la permission d'aller faire ce qu'il voulait au phare.

Zoe a croisé mon regard. — Il ne s'agit pas seulement de magie.

— Sans blague, ai-je répondu alors que la serveuse s'approchait avec nos boissons.

J'étais tellement soulagée que Nathan soit de retour que je ne savais même pas quoi penser. J'ai rapidement envoyé un message à ma mère pour lui faire savoir que j'avais appelé pour l'informer au sujet de Nathan.

Notre serveuse a apporté nos hamburgers, filant chercher la même chose pour Nathan. Nous avons passé le reste de la soirée à nous demander pourquoi diable quelqu'un voudrait éteindre la lumière du phare.

Comme prévu, nous avons entendu beaucoup de potins simplement en étant au bar. La moitié de la ville ne savait pas que le phare fonctionnait grâce à la magie, donc ils supposaient qu'il s'agissait d'un simple vandalisme. Ceux qui savaient qu'il fonctionnait grâce à la magie le considéraient également comme du vandalisme très probablement. Quelques théories bizarres sur des extraterrestres volant la lumière circulaient, mais je mettais ça sur le compte de trop d'alcool.

Pendant ce temps, Nathan avait déjà reçu des appels des Garde-côtes et du Bureau des parcs et des terres du Maine. Tous deux étaient impliqués dans l'enquête sur le naufrage et le phare de Beacon's Charm.

— Celle-là va être délicate pour les autorités, murmura Liam à côté de moi.

Zoe soupira. — Je sais. Daniel s'inquiète déjà de la façon dont il va présenter tout ça dans ses documents officiels. Il m'a demandé hier soir, quand nous nous couchions, si je connaissais des sorcières ou des sorciers qui travaillaient pour les Garde-côtes. Je n'ai pas pu en citer. Et vous ?

J'ai pris une gorgée de bière et grignoté une frite. — Je ne sais pas.

Quand j'ai regardé Liam, il a lu dans mes pensées. — Oui, je demanderai à ma mère.

Nathan a ri de l'autre côté de la table. — Tante Alice, la reine de la généalogie. Elle connaît l'histoire des sorcières sur le bout des doigts. Maintenant que je ne meurs plus de faim, je pense que je vais rentrer chez moi.

— Je dois y aller aussi, dit Zoe. Daniel vient de m'envoyer un message, et il est en route pour la maison.

— Tu appelleras s'il y a du nouveau ? ai-je demandé alors qu'elle se levait de la table.

— Bien sûr. Je suis la source. Avec un signe de la main, elle s'est retournée et a suivi Nathan dehors.

Liam m'a regardée. — Tu es prête à partir ?

— Bien sûr. Ghost va mourir de faim si je ne rentre pas bientôt lui donner sa nourriture fraîche, ai-je répondu, faisant référence à mon chat. Il était maintenant pourri gâté et m'appartenait pratiquement. J'étais sa personne plutôt que lui étant mon chat.

Liam a ri, se penchant pour déposer un baiser sur mes lèvres. Ce point de contact a envoyé une petite décharge en moi. Mes assurances à moi-même que je prendrais mon temps avec Liam s'étaient envolées en fumée il y a des mois. Nous vivions pratiquement ensemble, mais cela me convenait parfaitement.

La pression de nos familles pour que nous nous fiancions était la seule chose qui me pesait encore. En fait, elles préféreraient que nous soyons déjà mariés. Exemple concret, après avoir quitté Enchanted Spirits et alors que nous traversions la place du village, une silhouette s'est précipitée vers nous. — Salut, tante Opal, dit Liam.

— Nous avons retrouvé Nathan ! s'écria-t-elle en nous rejoignant.

— Nous savons, répondit Liam, d'un ton sec. Nous venons de dîner avec lui.

Opal souffla, roulant des yeux et posant une main sur sa hanche. Il faisait froid ce soir, et le ciel était clair. Son châle en laine était enroulé autour de ses épaules, et ses yeux brillaient sous les lumières suspendues autour du centre-ville. — Tu sais, le moment ne serait pas mauvais pour les fêtes, remarqua-t-elle de façon oblique.

— De quoi parles-tu ? ai-je demandé en retour.

Liam serra ma main, son petit rire envoyant un frisson le long de ma colonne vertébrale. — Elle fait référence au fait qu'elle veut que je te demande de m'épouser avant le nouvel an, dit-il.

Opal souffla à nouveau. — Bon Dieu, Liam. En tant que mon neveu, je pensais que tu aurais plus de cervelle. Adieu la surprise.

À ces mots, il rejeta la tête en arrière avec un rire vigoureux. Pendant ce temps, l'anxiété tourbillonnait dans ma poitrine. J'avais accepté mon sort, ou destin, ou peu importe comment on voulait l'appeler, mais je voulais quand même faire les choses à mon propre rythme.

— Tu sais, Opal, si nos deux familles n'essayaient pas de nous pousser comme du bétail vers l'autel, peut-être que nous pourrions comprendre les choses à notre propre rythme.

Elle n'a pas perdu un instant. — Ma chère, le destin est le destin. Tu ne peux pas l'éviter, alors autant l'affronter de face. Quoi qu'il en soit, je suis juste contente que nous ayons retrouvé Nathan.

— Ce n'est pas comme si cela résolvait tout, ai-je ajouté. Nous avons toujours un naufrage, un phare en panne et quelqu'un qui a manifestement jeté un sort de dissimulation.

— Si vrai, mais au moins tout le monde est présent maintenant. Je dois y aller, alors bonne nuit. Sur ce, Opal s'éloigna rapidement.

Liam me tira par la main, et nous avons repris notre courte marche vers sa voiture dans la nuit glaciale. Alors que nous rentrions, j'ai jeté un coup d'œil à son profil. La nature l'avait injustement béni, cet homme était ridiculement beau. Il avait un visage ciselé, une mâchoire carrée et forte, un nez droit, et pour couronner le tout, une bouche douce et sensuelle. Comme je l'ai dit, ridicule.

Avant même que je puisse parler, il a encore une fois lu dans mes pensées. — Opal me harcèle, mais tu connais Opal. Elle est aussi terrible que Lea. Dieu merci, nos parents nous donnent un peu plus de distance.

J'ai pris une profonde respiration et l'ai laissée sortir avec un soupir tremblant.

— Je ne m'inquiète pas de ce que les autres veulent, ajouta-t-il, sa voix rauque dans le silence de la voiture.

Mon cœur battait fort et vite dans ma poitrine. — Je sais, ai-je finalement dit.

Il s'est arrêté à un panneau d'arrêt et m'a regardée avant de tourner sur la route qui menait vers ma maison. Le clair de lune rendait ses yeux d'un bleu argenté. — Tu n'as pas à t'inquiéter, dit-il doucement.

— Je déteste juste la pression.

Il s'est penché, capturant mes lèvres dans un rapide baiser. La sensation de sa bouche contre la mienne était comme une flamme ardente. Le contraste de l'air frais frappant mes lèvres alors qu'il s'éloignait intensifiait la sensation.

CHAPITRE TROIS

Le lendemain matin, le sol était légèrement saupoudré de neige lorsque je suis sortie de ma remise à calèches. Quand je suis revenue à Charm Cove, j'ai emménagé dans la maison dont j'avais hérité à la mort de ma grand-mère. C'était à deux pas de la maison de mes parents, mais suffisamment loin pour que j'aie un peu d'intimité. Liam était parti tôt ce matin pour aider son père à transporter du bois pour l'immense cheminée qu'ils utilisaient pendant l'hiver chez ses parents. Fermant la porte derrière moi, je me suis arrêtée pour prendre une profonde inspiration d'air vivifiant de début d'hiver.

Les conifères légèrement poudrés qui parsemaient la cour semblaient saupoudrés de sucre. Ghost traversait la cour, n'attirant mon attention que lorsqu'il s'est rapproché car sa fourrure blanche se fondait dans le paysage. Son regard s'est fixé sur moi pendant un instant alors qu'il se figeait dans la cour, mais il a ensuite fait onduler sa queue en l'air avant de filer derrière la maison. Liam avait installé une chatière pour lui sur la véranda arrière, il allait et venait donc à sa guise.

Poussée par la curiosité, j'ai fait le tour de la maison. Mes bottes laissaient des empreintes nettes dans la fine couche de neige tandis que je me dirigeais vers la falaise surplombant la plage. Il était encore très tôt, pas même sept heures du matin, alors le soleil levant teintait le ciel de nuances rosées. L'océan Atlantique s'étendait devant moi en une véritable mer grise.

En marchant jusqu'au bord de la falaise, j'ai jeté un coup d'œil en bas pour voir ce qui se passait avec le bateau naufragé. Là où le petit bateau de pêche s'était écrasé contre les rochers à une courte distance de la maison, des bouées flottaient dans l'eau autour de lui, et un bateau des garde-côtes se tenait à proximité. D'après ce que je comprenais, ils avaient l'intention de remorquer le bateau aujourd'hui, deux jours après son spectaculaire naufrage de minuit. L'avant du bateau penchait contre le rivage, sa proue fracassée contre les rochers.

Je me suis demandé comment les trois passagers avaient pu être cachés à notre vue sur la plage. Un sort de dissimulation aurait fait l'affaire, mais ils étaient rares et nécessitaient beaucoup de puissance. Nous avions du pain sur la planche. En plus de chercher qui était derrière tout ça, nous devions vraiment savoir comment remettre le phare en marche.

Ou mieux encore, nous devions comprendre comment diable quelqu'un avait brisé un sort vieux de plusieurs siècles. Qui et pourquoi ?

Après un dernier regard sur la mer, je me suis retournée juste à temps pour voir Ghost grimper sur la rambarde de la véranda arrière et se précipiter à travers sa chatière. De retour à l'intérieur, j'ai vérifié que la cafetière était éteinte. Ma remise à calèches rénovée possédait une porte d'entrée qui menait dans le salon au plafond haut, et l'ancien grenier à foin avait été transformé en un espace salon avec deux chambres et une salle de bain. Le parquet de châtaignier d'origine brillait de tout son éclat dans toute la maison. L'arrière de la remise, qui autrefois abritait des rangées de stalles, était maintenant un mur de fenêtres qui donnait sur l'océan.

J'ai attrapé mon sac à main sur le canapé d'angle, qui était placé en diagonale, un côté face à la vue sur l'océan et l'autre face à la télévision fixée au mur. La cuisine et la salle à manger sur le côté avaient un petit îlot qui offrait des tabourets pour s'asseoir. Mon manteau était posé sur l'un des tabourets. En l'enfilant, j'ai vérifié que Ghost avait de l'eau fraîche, puis je suis partie pour la journée.

En conduisant, j'ai admiré le paysage saupoudré de féerie. Certains appellent cette période de l'année la saison des branches, car les arbres à feuilles caduques ont perdu leurs feuilles, et nous n'avons pas encore beaucoup de neige, donc l'horizon paraît austère avec les branches nues qui se dressent vers le ciel. L'abondance de l'été et de l'automne était passée, les feuilles tombées maintenant recouvertes de neige.

J'adorais cette période de l'année, peut-être parce qu'elle annonçait ce qui allait suivre. J'aimais l'hiver avec ses nuits enneigées, son cidre chaud, ses tempêtes à l'extérieur et un feu dans la cheminée. C'était le moment de s'installer confortablement et d'être entourée de ceux qu'on aime.

Mais en fait, j'aimais quelque chose dans chaque saison. Au printemps, j'aimerais le sentiment de croissance et d'accélération après des mois de froid. L'été apportait les brises salées soufflant de l'océan et les eaux de l'Atlantique suffisamment chaudes pour nager. Je savourerais le soleil et la sensation d'insouciance, même si ce n'était que pour quelques heures par jour. Et puis, le cycle s'achevait avec l'automne, faisant exploser la forêt en un kaléidoscope de couleurs et de beauté à travers le ciel. Le sentiment d'urgence de tout rassembler pour se préparer à l'hiver était revigorant.

Maintenant que j'étais de retour à Charm Cove depuis bientôt six mois, je n'arrivais pas à croire que j'avais pu penser vivre ailleurs. New York avait certainement été un changement de rythme, et j'avais apprécié le contraste pendant un temps. Plus que tout, j'avais essayé de me cacher de ma magie et de mon destin. Être une sorcière avait ses inconvénients, mais c'était une partie intégrante de qui j'étais. Pendant mon absence, j'avais mûri et j'étais revenue chez moi un peu par accident.

Pour découvrir que l'homme que j'avais aimé autrefois

comme seule la jeunesse peut aimer – follement, tête baissée, et insouciante – était revenu aussi.

J'étais revenue comme un boomerang vers Liam Good, l'homme qui représentait mon destin. J'ai secoué la tête alors que je quittais la route côtière pour emprunter celle qui me menait en plein centre-ville de Charm Cove. Tournant dans Charming Way, j'ai cherché une place de parking derrière notre magasin, mis les clés dans ma poche, et me suis dirigée vers le parc pour prendre un café et peut-être glaner quelques potins chez Magic Beans.

Quelques minutes plus tard, je poussais la porte, un joyeux carillon tintant au-dessus de ma tête. L'odeur du café et des pâtisseries m'enveloppait tandis que la porte se refermait.

Sarah Glen m'a souri de derrière le comptoir lorsque je me suis approchée. Ses cheveux blonds étaient tirés en queue de cheval, et ses yeux bleus brillaient.

— Bonjour, Moira. Pas de Liam aujourd'hui ?

J'ai souri en secouant la tête.

— Bonjour. Non, pas de Liam aujourd'hui. Il est sorti aider son père à transporter du bois. C'est un projet qui prend toute la journée.

Sarah a souri.

— J'ai envoyé John faire la même chose. Nous devons faire nos réserves de bois avant qu'il y ait trop de neige. Je te jure, chaque année il attend trop longtemps.

Après que Sarah m'ait tendu mon café et un scone aux myrtilles, je me suis glissée dans une chaise à une table dans le coin. J'étais en avance ce matin et j'avais du temps avant l'ouverture de la boutique. En regardant par la fenêtre, j'ai observé les gens se dépêchant dans la rue pour aller travailler. Persnickety Potions & Gifts se trouvait presque directement de l'autre côté du parc par rapport à Magic Beans sur Charming Way.

Les acheteurs marchaient le long des trottoirs avec leurs vestes d'hiver, nullement découragés par le temps. Les employés municipaux s'étaient affairés à s'assurer que les trottoirs soient dégagés. N'importe quelle ville du Maine connaissait bien la façon de gérer la neige. Qu'il s'agisse d'une légère couche ou d'une forte chute de neige, les choses ne ralentissaient pas.

J'ai regardé quelques employés municipaux décorer le sapin au centre du parc, ajoutant des nœuds rouges vifs aux lumières déjà enfilées autour. En prenant une bouchée de mon scone chaud, j'ai soupiré tandis que la saveur explosait sur ma langue.

— Bonjour, Moira, a appelé une voix. J'ai regardé autour, reconnaissant la voix de Tante Lea avant même de la voir, et elle m'a fait un signe de la main depuis le comptoir. Lui rendant son salut, j'ai pris une gorgée de café.

En quelques instants, elle s'est glissée dans la chaise en face de moi. Ses yeux verts se plissaient aux coins avec son sourire. Comme d'habitude, elle portait une jupe ajustée et un chemisier. Elle était toujours élégante, même en hiver.

— J'aurais dû savoir que je te verrais ici ce matin. Tu as un peu de temps avant d'ouvrir. Je me demandais si ça te dérangeait que je passe ce matin pour préparer quelques potions.

J'ai souri.

— Bonjour. Bien sûr que ça ne me dérange pas. Tu peux passer quand tu veux. Ce n'est pas comme si c'était ma boutique personnelle.

Persnickety Potions & Gifts était dans ma famille depuis quelques centaines d'années. Tante Lea l'avait gérée le plus récemment, mais m'avait passé les rênes lorsque j'étais revenue m'installer à Charm Cove l'été dernier. On lui avait diagnostiqué un cancer du sein et elle avait déjà assez à gérer.

Étonnamment, pour moi et probablement pour tout le monde, j'aimais diriger la boutique. J'avais oublié à quel point j'aimais y passer du temps quand j'étais plus jeune. Comme les jumelles, j'avais travaillé dans le magasin pendant mon adolescence.

C'était agréable d'être de retour. Bien que je la gère techniquement, les revenus du magasin étaient répartis entre notre famille élargie après que les jumelles et moi soyons payées, et c'était assez rentable. Charm Cove était une destination touristique favorite dans le Maine et se trouvait être l'une des petites villes côtières les plus populaires. D'autres villes se disputaient constamment le trafic touristique que nous captations. Ils ignoraient qu'ils n'avaient pas vraiment beaucoup de chances de nous concurrencer.

Charm Cove était principalement gérée par des sorcières, alors nous charmions les gens. Nous savions également comment gérer des entreprises très rentables. Notre petite boutique de cadeaux n'était qu'une parmi tant d'autres en ville. Les magasins les plus populaires appartenaient tous à des familles de sorcières. Les Wicked dirigeaient Persnickety Potions & Gifts depuis sa création des siècles auparavant. Pendant ce temps, la famille Good possédait Beauty Bewitched. La famille Bishop gérait une maison d'édition florissante depuis des siècles à The Ink Spot. Quelques autres entreprises se disputaient les premières places en ville, mais nous n'utilisions nos pouvoirs que pour le bien en matière de commerce. Les restaurants et bars gérés par des sorcières occupaient également des places privilégiées parmi les favoris de la ville, y compris Magic Beans et Enchanted Spirits.

Bien que si l'une des villes voisines avait connaissance de la sorcellerie que nous employions pour que les choses se déroulent aussi harmonieusement que possible, elles auraient peut-être été d'un avis différent.

Tante Lea a tendu la main à travers la table et a serré la mienne, ses bracelets d'argent tintant avec son mouvement.

— Je suis si heureuse que tu aies repris la boutique, et je ne veux pas marcher sur tes plates-bandes.

J'ai souri quand elle a relâché ma main et pris une gorgée de son café.

— Je ne m'inquiète pas pour ça. En plus, tu es la reine des potions. Enfin, toi et ma mère. Et je suppose Tante Penelope aussi.

Tante Lea a souri et m'a fait un clin d'œil.

— Je pense que ta mère et moi faisons un meilleur travail

qu'elle, a-t-elle dit avec un léger sourire. Tante Penelope, Dieu bénisse son âme, avait pris les années 60 et 70 très au sérieux, consommant à peu près toutes les drogues qu'elle avait croisées. Sa magie elle-même était presque éméchée.

— Nous sommes assez bien approvisionnés, ai-je ajouté. Pour quoi as-tu besoin de préparer des potions ?

— Eh bien, avec les fêtes qui approchent, j'aimerais préparer quelques trucs spéciaux pour les gens. En plus, donne-toi encore quelques semaines, et tu vas manquer de toutes nos potions d'amour. Crois-moi, j'en manquais chaque année. Je vais juste en préparer quelques-unes de plus aujourd'hui pendant que je suis là.

J'ai hoché la tête et pris une autre bouchée de mon scone. Elle a immédiatement changé de sujet de conversation.

— J'ai enfin obtenu les noms des trois personnes qui étaient sur le bateau l'autre soir.

— Oh, qui ?

— Amy Lévesque, qui est une sorcière si tu ne le savais pas. C'est une cousine éloignée de ta mère, et je suppose de toi aussi. Jared Booth, qui est un sorcier. Il est pêcheur depuis toujours. On n'entend pas beaucoup parler de cette famille, mais ils ont définitivement des pouvoirs. Puis Clint Owens, qui n'a pas de pouvoirs et, pour autant que je sache, n'est apparenté à personne qui en a. Daniel les a apparemment interrogés, mais il ne dit rien à personne. J'ai essayé d'obtenir des informations de lui, et cet homme est tellement têtu. Pourrais-tu s'il te plaît demander à ton amie Zoe de lui faire entendre raison ? Bon sang, quand va-t-il comprendre que les sorcières sont plus une aide qu'un obstacle pour lui ? a-t-elle demandé avec un souffle exaspéré.

J'ai haussé les épaules, prenant la dernière bouchée de mon scone. Après avoir fini de mâcher, j'ai pris une gorgée de café.

— Honnêtement, je n'imagine même pas ce que c'est d'es-sayer d'être chef de police ici. Je sais que tu es agacée par lui, mais tu sais pourquoi il essaie d'être prudent. Chaque fois qu'il obtient des informations des sorcières, il doit être prudent sur la façon dont il les aborde dans sa documentation. Zoe m'a dit plusieurs fois qu'il préfère résoudre ses affaires avec du bon vieux travail de détective.

Tante Lea a soupiré, plutôt théâtralement. Tapotant sa bouche avec une serviette après avoir pris une gorgée de son café, elle a haussé l'épaule avec une élégance naturelle.

— Eh bien, c'est juste ridicule. Et bon sang, l'homme est marié à une sorcière. Il va avoir un enfant avec des pouvoirs.

— Je sais, et lui aussi. Je disais juste que je comprends ses préoccupations, ai-je fait remarquer.

Tante Lea a chassé un cheveu invisible de son front. Aujourd'hui, elle portait ses cheveux presque entièrement argentés relevés en un chignon élégamment torsadé avec des baguettes rouges fichées dedans. Cette femme avait plus de baguettes chinoises que quiconque que je connaissais, et elle les utilisait uniquement pour maintenir ses cheveux en place. Ses lunettes rouge vif pendaient à une chaîne autour de son cou, ajoutant une autre touche de couleur.

Elle a secoué la tête à ma réponse.

— Eh bien, c'est un maniaque du contrôle, a-t-elle dit d'un ton direct.

J'ai levé les yeux au ciel.

— Il faut le savoir pour le reconnaître.

Tante Lea a affiché un sourire malicieux, ne prenant aucune offense à cela. Nous avons fini nos cafés et traversé le parc ensemble. Pendant que j'ouvrais le magasin, elle s'est installée à l'arrière à la table de travail. En ce qui concerne les potions, la plupart de ce que nous vendions étaient des remèdes à base de plantes bénins et autres. Cependant, nous avions quelques remèdes populaires qui étaient légèrement enchantés. En particulier, des sorts d'amour et ce genre de choses.

Dans le monde des sorcières, certaines familles se concentraient davantage sur la fabrication de potions. Ma famille était reconnue pour son habileté avec les potions, tout comme la famille Good. Tante Lea avait épousé un membre de la famille

Good. Avant son mariage, elle était une Wicked. Ma mère avait épousé son frère.

Penelope et Lea avaient accueilli ma mère comme si elle était l'une de leurs sœurs. Entre les deux familles, j'avais grandi entourée de potions toute ma vie. Nous avions l'espace pour les préparer ici dans le magasin et gardions des fournitures de base, mais ma mère et mes tantes en faisaient aussi à la maison quand l'envie les prenait. Durant mon enfance, il ne se passait guère une semaine sans que ma mère ne prépare quelque chose de magique.

En quelques minutes après avoir retourné la pancarte pour ouvrir à l'avant, le magasin était bondé. Bien que mon esprit n'arrêtait pas de revenir à ces trois personnes cachées par ce sort de dissimulation pendant quelques heures mystérieuses après le naufrage, j'étais assez occupée pour ne pas trop m'inquiéter. Le drame de vivre dans un village de sorcières comme Charm Cove pouvait être fatigant. Pourtant, ça m'avait aussi manqué quand j'avais vécu ailleurs.

Pendant une brève accalmie, Tante Lea est venue s'asseoir avec moi à l'avant pendant que je triais des bagues pour l'une de nos vitrines à bijoux. Elle les a délibérément regardées avant de faire un geste vers ma main gauche, haussant un sourcil.

— Quoi ? ai-je demandé.

— Quand est-ce que Liam et toi allez enfin faire face à la vérité ?

Ah, j'aurais dû voir ça venir à des kilomètres.

— Tu veux dire notre destin ?

Elle a souri, ses yeux pétillants.

— Exactement ça, ma chérie. C'est bien de t'entendre le dire ainsi. Vous sortez ensemble, et ta mère me dit qu'il reste habituellement chez toi, donc... Elle a laissé ses mots en suspens.

J'ai presque eu des marques de dérapage sur ma langue à force de la mordre. Mon Dieu. Ma mère surveillait Liam et moi. Inconvénient majeur d'avoir une maison sur la propriété de ma famille.

Liam louait l'ancien cottage du gardien sur la propriété de mes parents, il lui était donc très pratique de rester principalement chez moi.

J'ai perdu la bataille pour m'empêcher de commenter.

— Ma mère ne peut pas voir ma maison ni le cottage du gardien depuis chez elle, alors je n'ai aucune idée d'où tu tiens l'idée qu'elle sait où Liam dort.

Tante Lea a roulé des yeux et a réellement tendu la main pour tapoter ma joue.

— Comme c'est mignon. Tu penses que nous ne savons pas ce qui se passe.

J'ai pris une respiration et l'ai relâchée avec un soupir alors que je mettais la dernière bague dans l'écrin velours et fermais le couvercle en verre.

— Je ne pense pas que vous ne savez pas ce qui se passe. Loin de moi l'idée de supposer que vous nous donneriez un peu de paix et de tranquillité et nous laisseriez régler les choses par nous-mêmes. Nous sortons ensemble, mais c'est tout ce que je désire discuter.

Le regard de Tante Lea est devenu contemplatif. Après un moment, elle a penché la tête sur le côté.

— Est-ce que je t'ai déjà raconté comment Jacob et moi nous sommes mis ensemble ?

Lea et Jacob avaient été le couple destiné à se marier pour leur génération—Lea étant la Wicked et Jacob le Good dans cette équation.

— Je ne pense pas que tu l'aies fait. Vous êtes ensemble depuis avant ma naissance. Vous semblez très heureux et très amoureux l'un de l'autre. Soyons honnêtes, Oncle Jacob est pratiquement ton esclave.

Tante Lea a rejeté la tête en arrière en riant.

— Pas tout à fait, chérie. Je sais qu'il m'aime, mais c'est un sorcier très puissant, et tu le sais. Quoi qu'il en soit... Elle a fait une pause, son expression devenant plus sérieuse. J'étais un peu comme toi. Je n'étais pas sûre que c'était ce que je voulais. Bien sûr, si tu penses que tu subis de la pression, tu n'as aucune idée de ce que c'était ici avant. Même si nos familles ont encore leurs traditions, les choses sont bien différentes et beaucoup plus ouvertes qu'elles ne l'étaient autrefois. À l'époque, se marier avec la personne que tes parents pensaient que tu devrais épouser était assez courant, tant au sein qu'en dehors de la communauté des sorcières. Nos familles croyaient absolument que nous devions nous marier dès que nous étions assez âgés. L'idée même de le remettre en question était pratiquement un sacrilège. Tu devrais demander à ton père ce que je ressentais. Quand nous ne nous disputations pas en tant qu'adolescents, je complotais avec lui sur la façon dont je pourrais m'enfuir. C'est dire quelque chose parce que Jacob, — elle a fait une pause, mettant sa main sur sa poitrine alors que ses yeux devenaient humides — était un homme très séduisant. Maintenant, il est tout distingué et tout, mais à l'époque, il était charmant, et oh, je l'adorais. Mais l'idée que nous étions destinés à être ensemble et ce qui pourrait mal tourner si nous ne nous marions pas, eh bien, c'était beaucoup à gérer. Je suppose que j'essaie d'expliquer que je comprends ce que tu ressens.

Je n'ai pas remarqué que ma bouche s'était ouverte jusqu'à ce qu'elle tende le doigt et me tapote sous le menton.

— Voilà, ne sois pas si surprise.

— Mais... j'ai balbutié, faisant une pause pour rassembler mes mots. J'ai pris mon café sur le comptoir et en ai bu une gorgée.

— Tu es l'une des pires à me dire que nous devons faire face à la réalité. Toi et ma mère. L'été dernier, vous avez fait cette chose ridicule juste pour me faire revenir ici.

Tante Lea a souri.

— Je savais que tu allais bientôt rentrer à la maison. Je l'espérais certainement. Je voulais juste accélérer les choses. Je serai la première à te dire que je me suis promis quand nous avons découvert que tu étais destinée à épouser Liam pour cette génération, que si ça ne semblait pas juste, j'en parlerais. Parce que je me sens chanceuse d'aimer Jacob. Je ne pouvais pas imaginer être forcée de faire face à un sort qui ne pouvait pas être brisé pour quelqu'un que je n'aimais pas.

J'ai pris une autre gorgée de café, essayant d'absorber ce qu'elle disait.

— Je vous ai vus, Liam et toi, ensemble. C'est clair comme le jour que vous êtes faits l'un pour l'autre. Destin et sort vieux de plusieurs siècles ou pas. Ce garçon t'aimait comme un fou au lycée, et tu l'adorais. Honnêtement, j'ai détesté que vous vous sépariez pendant quelques années, mais avec le recul, je pense que c'était le seul moyen pour que vous vous retrouviez. Je veux dire, soyons honnêtes, le cerveau est pratiquement mariné dans les hormones à l'adolescence. Ce n'est pas comme si quelqu'un pouvait penser très clairement, encore moins prendre des décisions intelligentes. La seule raison pour laquelle j'ai fait des commentaires, c'est parce que c'est tellement évident que vous vous aimez. J'admets que j'étais plutôt terrifiée quand vous vous êtes séparés à cause de cette fille. Liam est un tel idiot. Il l'a compris, mais ensuite tu es partie et tu as renoncé à la magie. Nous avons vraiment essayé de te le cacher, mais nous avions peur, chérie. Très peur. Je suis *si* contente que tu aies retrouvé le chemin de la maison, et que tu aies vu la lumière.

Tante Lea était parfois un peu fantasque, alors juste comme ça, elle a changé de sujet. Apparemment, le mot « lumière » l'avait inspirée.

— Assez parlé de ça. En parlant de lumière, je ne sais même pas quoi faire à propos du phare. Nous devons réactiver ce sort et le faire fonctionner. Nous avons déjà reçu des appels des garde-côtes et du Bureau des parcs et terres. Parce que c'est un phare officiel, il est obligé de fonctionner. J'ai dû y aller et griller le câblage dans ce bâtiment. Ils viennent faire une visite, donc nous avions besoin d'une raison pour son dysfonctionnement.

— Sans le sort, il ne fonctionnera pas avec une simple alimentation normale ? ai-je demandé.

Elle a pris une profonde respiration et l'a relâchée avec un soupir profond.

— Non. Il fonctionne à la magie, et tu ne peux pas faire que la magie soit amie avec l'électricité. Nous allons devoir aider Nathan à payer une jolie somme pour recâbler tout ça. Je l'ai vraiment bien grillé.

J'étais encore sous le choc de sa reconnaissance de son expérience d'être destinée à épouser Jacob. Avec un effort mental, j'ai fait un bond dans mon esprit et rattrapé où elle en était dans la conversation.

— Qui a lancé le sort original pour le phare ?

— La mère de Liam fait des recherches à ce sujet. Le phare a été construit par plusieurs familles à l'époque, donc nous ne sommes pas vraiment sûrs. Il a bien fonctionné tout ce temps, donc personne n'a vraiment eu à y penser. Mais tu connais la mère de Liam. Elle va nous trouver ça.

Un client est entré à ce moment-là, mettant fin à notre petit tête-à-tête. La journée a filé, occupée avec les clients dans le magasin et à gagner des tonnes d'argent. La période précédant les fêtes était une période abondante pour nous. Thanksgiving était la semaine prochaine, et ensuite décembre serait simplement dingue. J'espérais seulement que nous pourrions résoudre le problème du phare avant cela.

C'était un sacré problème, cependant. Un naufrage, le phare en panne, trois personnes cachées par un sort de dissimulation, et puis Nathan frappé à la tête et enfermé dans un placard. Je ne savais pas si c'était juste de la magie, ou pas.

CHAPITRE QUATRE

Le lendemain, ma mère m'a appelée vers la fin de l'après-midi. Les jumelles étaient à la boutique pour aider après l'école, ce qui m'a donné la chance de prendre l'appel. J'avais couru sans arrêt toute la journée juste pour suivre le rythme. Passant à travers le rideau de perles vers l'arrière-boutique, j'ai répondu :

— Salut, Maman, quoi de neuf ?

— Lea est guérie ! s'est-elle exclamée.

Il m'a fallu une minute pour comprendre.

— Son cancer a disparu ?

— Oui ! a pratiquement crié ma mère dans mon oreille. Elle et Jacob sont descendus à Portland aujourd'hui. Elle vient de m'appeler avec la nouvelle. Ils sont déjà sur le chemin du retour. Je veux célébrer, alors on dînera chez nous ce soir. Viens avec Liam et ramène directement les jumelles avec toi.

Un sentiment de soulagement suivi d'une vague d'émotion m'a submergée. Nous n'avions appris le diagnostic de cancer de Lea que l'été dernier parce qu'elle l'avait caché pendant des mois. Nous étions tous inquiets. Elle descendait à Portland pour la chimio, mais personne n'en parlait avec elle, donc nous nous inquiétions aussi de l'effet que la chimio aurait sur ses pouvoirs.

Les sorcières pouvaient avoir le cancer, mais nous ne savions pas exactement comment cela affectait leurs pouvoirs. Jusqu'à présent, ses pouvoirs ne semblaient affectés que lorsqu'elle était fatiguée par ses traitements.

— Maman, est-ce que les jumelles sont au courant ? ai-je demandé.

— Pas encore. Lea veut leur annoncer elle-même, alors ne dis pas un mot.

J'avais envie de courir devant, de les serrer contre moi et de leur dire que leur mère allait bien, mais je me flattais d'être la personne la moins mélodramatique de notre famille. Je garderais donc le silence.

Après avoir vérifié si ma mère avait besoin que j'apporte quelque chose pour le dîner, je suis retournée au travail, soulagée que ce soit trop occupé pour que je parle beaucoup avec les jumelles. J'ai envoyé un message à Liam, et il a accepté de me retrouver chez mes parents ce soir-là. Une fois la boutique fermée, j'ai embarqué les jumelles dans ma voiture et j'ai filé à la maison.

Sachant que l'allée circulaire de mes parents serait encombrée, je me suis garée près de ma remise, puis nous avons marché la courte distance jusqu'à la maison de mes parents.

Ma famille possédait un énorme morceau de terrain de choix juste sur une falaise surplombant l'océan Atlantique. Je doute que nous aurions pu nous le permettre aux prix d'aujourd'hui, mais à l'époque où ma famille s'était installée ici, la côte balayée par les vents du Maine était peu peuplée. Ma famille, avec les Good et quelques autres familles, avaient déménagé ici pour échapper à l'hystérie naissante concernant les sorcières à Salem. Nos ancêtres espéraient que la distance créerait de la sécurité, et ce fut le cas. Grâce à ce choix prémonitoire, Charm Cove était devenu l'un des centres de sorcières les plus puissants au monde. Nous étions restés discrets pendant des siècles et nous préférions qu'il en soit ainsi. À cette époque, ce n'était pas facile d'arriver jusqu'ici. Ce qui représentait aujourd'hui une journée de route avait nécessité des semaines de voyage à l'époque.

Ma famille avait revendiqué plusieurs centaines d'acres le long de la côte. Il y avait une vieille ferme coloniale, un pavillon de gardien, une cabane de jardinier et l'ancienne remise. La vieille remise m'avait été cédée après le décès de la mère de mon père.

Celia et Delia sautillaient à côté de moi pendant que nous marchions depuis chez moi. Heureusement, notre famille étendue organisait suffisamment de dîners improvisés pour qu'elles ne s'interrogent pas sur les raisons de ce repas sans préavis. J'espérais seulement que Lea et Jacob seraient déjà là, pour que les filles puissent avoir la nouvelle tout de suite.

La maison de mes parents était perchée sur une falaise surplombant l'eau, avec le port du centre-ville de Charm Cove visible au loin. La ferme coloniale avait été construite dans les années 1700 par mes ancêtres. Bien sûr, des mises à jour avaient été effectuées au fil des ans. Elle était peinte en vert sauge avec un toit en acier inoxydable rouge cerise.

Nous avons poussé la porte principale, le bruit résonnant dans le hall d'entrée alors qu'elle se refermait derrière nous. Une bouffée d'air froid nous a suivis à l'intérieur. Nous avons descendu le couloir et traversé la porte menant à la cuisine. La maison coloniale classique avait une entrée principale avec un escalier incurvé qui menait à l'étage. Le palier supérieur menait à un couloir avec des chambres de chaque côté.

Au rez-de-chaussée, le couloir traversait le centre de la maison. Un salon, un petit salon et une salle à manger se trouvaient d'un côté, et une cuisine massive et une salle à manger plus décontractée de l'autre.

La cuisine était chaleureuse et accueillante. Un grand îlot trônait au centre de la pièce. Sur le mur du fond, un comptoir s'étendait sur environ la moitié de la longueur de la pièce avec un four à bois, que ma mère défendait toujours bien qu'elle ne l'utilisait que pour la pâtisserie. Elle avait également un four et une cuisinière à propane. Au fond de la pièce se trouvait une grande fenêtre en baie donnant sur l'océan derrière la maison. Une table à manger ronde était placée dans le renfoncement créé par la fenêtre en baie. Une véranda grillagée s'étendait à l'arrière de la maison.

J'étais contente de voir que tante Lea était déjà là. Elle était accoudée au comptoir, discutant avec ma mère et sa sœur Penelope. Pendant ce temps, mon père, oncle Jacob, Liam et ma cousine Emma étaient à table. Les jumelles avaient été une surprise pour tante Lea et oncle Jacob. Emma et moi avions le même âge et étions adolescentes quand les jumelles étaient nées.

Un chœur de salutations nous a accueillis, et j'ai fait un signe de la main à l'assemblée. Les jumelles ont sautillé vers le comptoir de la cuisine et ont immédiatement attrapé des tranches de pain frais que tante Penelope était en train de couper. J'espérais que tante Lea n'avait pas l'intention d'attendre pour annoncer sa nouvelle aux jumelles.

Les attirant vers elle, elle a passé ses mains à travers leurs coudes, les rapprochant d'elle.

— Les filles, ce soir, c'est une célébration.

— Pour quoi ? ont demandé les jumelles à l'unisson.

— Eh bien, je suis allée à Portland aujourd'hui et j'ai eu de bonnes nouvelles. Je suis guérie du cancer.

Celia et Delia sont restées silencieuses un moment en se concentrant sur leur mère. Puis Delia a jeté ses bras autour de sa mère, suivie par Celia. Il y a eu un peu de pleurs et un long câlin.

Visiblement, le reste de la pièce était déjà au courant car un sentiment de soulagement était évident sur tous les visages. Bien que tante Lea semblait avoir pris son diagnostic avec calme, cela avait été un facteur de stress qui planait sur nous tous alors que nous nous inquiétions et espérions qu'elle irait bien.

Après ce moment émouvant, le dîner s'est déroulé comme d'habitude lorsque nous étions aussi nombreux. Nous avons dû ajouter quelques chaises supplémentaires pour nous adapter autour de la grande table près de la fenêtre, mais ce n'était pas long avant que nous soyons tous assis avec une pile de pain frais tranché au milieu de la table, une bisque de homard et une casserole de fruits de mer.

C'était le pur hasard qui m'avait placée à côté de Liam, bien que cela ne m'aurait pas surpris de savoir que tous les autres à table avaient conspiré pour s'assurer que nous étions l'un à côté de l'autre. Ça ne me dérangeait pas. Il m'a fait un clin d'œil en me passant le pain. La conversation a finalement dérivé vers le sujet attendu de ce qu'il fallait faire avec le phare.

Penelope a commencé.

— Je suis passée voir Nathan aujourd'hui. Nous n'arrivons pas à comprendre comment faire fonctionner ce phare. Pendant que j'étais là, deux hommes de la Garde côtière sont passés et ont dit qu'ils pensaient que c'était du sabotage. Daniel fait partie de l'enquête, mais la Garde côtière prend en charge l'enquête sur le phare. Le phare doit fonctionner. Même avec tous les équipements modernes, les phares sont censés fonctionner et servir de secours lorsque les systèmes de navigation électroniques tombent en panne. Selon la Garde côtière, la nuit du naufrage, le GPS et tous les équipements de boussole ont court-circuité sur le bateau qui s'est écrasé. Quelqu'un voulait que ce bateau s'écrase, et ils ne voulaient pas que le phare fonctionne. Rien de tout cela n'a de sens car je ne pense pas qu'on puisse saboter la magie. Mais ensuite Nathan m'a parlé de s'être retrouvé enfermé dans le placard...

Penelope a fait une pause et a laissé échapper un soupir, secouant la tête avant de prendre une bouchée de sa bisque de homard.

Ma mère a pris la parole à ce moment.

— Je pense que c'était une combinaison de choses. Quelle est notre marge de temps ?

— Pour quoi ? a demandé ma cousine Emma.

— Combien de temps faudra-t-il pour réparer tous les travaux électriques qui ont été grillés ? Parce que je suppose que c'est à peu près le temps dont nous disposons pour remettre le sort en place sur le phare.

— Probablement une bonne semaine ou plus. C'est un grand bâtiment, et Lea a fait en sorte de tout griller. C'est une tonne de travail électrique, y compris couper dans certains murs, a proposé mon père.

— Est-il nécessaire que le phare fonctionne avec de la magie ? a lancé Delia.

Jacob a répondu :

— Ce serait certainement préférable. C'est beaucoup plus précis que la façon moderne de faire les choses. Ça fonctionnera même pendant une tempête et quand tout le reste tombe en panne.

— Oh. Tu veux dire que les phares normaux avec l'électricité ne fonctionnent pas pendant les tempêtes ? a demandé Delia.

Oncle Jacob a secoué la tête.

— Les phares ont des générateurs de secours en cas de tempête, mais le sort est efficace quoi qu'il arrive et l'a été pendant des siècles. Il a même tenu alors que des améliorations ont été apportées au phare.

Liam s'est adossé à sa chaise, posant son bras sur le dossier de mes épaules. La conversation s'est poursuivie avec quelques questions sur les trois personnes qui avaient disparu cette nuit-là sur le bateau.

— Que sais-tu d'Amy Lévesque ? a demandé Penelope, jetant un coup d'œil à ma mère.

— Ce n'est pas parce que j'ai le même nom de jeune fille que je sais grand-chose sur elle. C'est une cousine très éloignée. Si éloignée que je ne l'ai jamais rencontrée, a répondu ma mère.

— Est-elle de Charm Cove ? a demandé Celia.

Les jumelles étaient d'une curiosité sans fin. J'espérais seulement que nous pourrions garder leur curiosité au minimum.

Liam a pris la parole, se penchant en avant sur sa chaise.

— Selon ma mère, elle n'a emménagé ici qu'il y a quelques mois. Avant cela, elle vivait dans le nord du Maine.

— Mais on sait qu'elle est une sorcière ? ai-je demandé.

Tante Lea a répondu :

— Oh, oui. Elle est définitivement une sorcière, et Jared Booth est un sorcier. Il vient de Salem, Massachusetts. Sa famille n'est jamais partie.

— Et que savons-nous sur Clint Owens ? a demandé Emma.

J'ai jeté un coup d'œil à Liam parce que je savais qu'il avait vérifié auprès de sa mère. Elle connaissait tout ce qui concernait la généalogie familiale dans cette partie du pays.

Il a haussé les épaules.

— Maman ne sait pas grand-chose, à part qu'il vient de Brunswick et qu'il est électricien.

— Il y a définitivement quelques familles de sorcières à Brunswick, a ajouté ma mère.

Plus tard dans la soirée, Liam et moi avons marché ensemble jusqu'à ma remise. Sa main était enroulée autour de la mienne, sa poigne forte et chaude dans la fraîcheur de la nuit. Notre souffle formait de la buée dans l'air, et nos pas craquaient à travers la fine couche de neige sur les feuilles au sol.

Quand nous sommes entrés par la porte d'entrée, je m'attendais à ce que mon chat Ghost saute sur mon épaule depuis le sol. C'était sa façon préférée de me saluer. Il y avait une étagère montée en hauteur sur le mur au-dessus de la porte — Dieu seul savait pourquoi elle était là — et il y faisait souvent la sieste.

Pas de Ghost, cependant. Jetant un coup d'œil à Liam, j'ai réfléchi à voix haute :

— Je me demande où est Ghost. Il n'aime pas vraiment le froid.

Liam a simplement haussé les épaules et s'est dirigé vers la cheminée pour allumer un feu. Pendant ce temps, je suis sortie sur la terrasse arrière et j'ai appelé Ghost dans la nuit silencieuse et froide.

— Ghost ! Ghost !

J'ai sifflé après n'avoir obtenu aucune réponse.

Alors que je me tenais là, regardant dans l'obscurité, j'ai vu sa silhouette apparaître dans la douce lueur projetée par la lumière de la terrasse arrière. On aurait dit qu'il venait de la falaise derrière la maison. Il y allait presque toutes les nuits depuis le naufrage. C'était en soi un autre mystère.

CHAPITRE CINQ

Le lendemain matin, j'ai dû enlever la neige de mes bottes avant d'entrer dans Magic Beans. Charm Cove avait reçu une nouvelle fine couche de neige durant la nuit, et nous nous étions réveillés dans un paysage saupoudré de sucre avec des nuages bas à l'horizon et un soleil perçant à peine.

Je retrouvais Zoe ici aujourd'hui. Zoe était l'une de mes meilleures amies et, par un heureux hasard, mariée à Daniel, le chef de la police de la ville. J'espérais qu'elle pourrait avoir plus d'informations de Daniel concernant les divers événements liés au naufrage. L'incident avec Nathan continuait à me tracasser.

Depuis sa nuit imprévue dans le placard, il semblait parfaitement bien. Pourtant, l'assommer et le pousser dans un placard ressemblait plutôt à un crime humain. Non pas que les sorcières n'étaient pas humaines. Nous étions simplement améliorées.

Le sourire chaleureux de Sarah m'accueillit derrière le comptoir. Elle prépara rapidement mon café et me le tendit avec un scone aux myrtilles. Je m'installai à une table dans le coin pour attendre Zoe. Je n'eus pas à attendre longtemps car elle fut la personne suivante à franchir la porte, la joyeuse clochette au-dessus annonçant son arrivée.

Elle me fit un signe de la main, repoussant ses cheveux bouclés de son visage en se précipitant vers le comptoir. En quelques minutes, elle se glissa dans la chaise en face de moi avec un café et son propre scone aux myrtilles. Enroulant ses mains autour de la tasse chaude, elle soupira de bonheur. — J'ai oublié de faire chauffer ma voiture avant de partir ce matin, alors le chauffage commençait tout juste à fonctionner quand je suis arrivée ici. Mes mains sont gelées.

Prenant une bouchée de mon scone, je souris. Après avoir fini de mâcher, je commentai : — Ça n'aurait pas été grave si tu avais été en retard. On se retrouve juste pour prendre un café.

Zoe haussa les épaules, ses yeux bruns plissés aux coins. — Eh bien, je sais que tu dois être à la boutique, alors j'essaie d'être à l'heure.

— J'apprécie, mais ce n'est pas la fin du monde. J'aime simplement prendre un café avec toi. Alors, des nouvelles de Daniel ? demandai-je, allant droit au but.

Zoe prit une gorgée de son café et haussa les épaules. — Pas vraiment. Je ne pense pas qu'il en sache plus que toi.

— Est-ce que Daniel a mentionné quelque chose à propos des trois personnes qui sont « réapparues » après avoir été cachées sur la plage ? demandai-je, en faisant des guillemets avec mes doigts.

— Il est plutôt discret à ce sujet, mais je peux te dire ce que je sais. Amy Lévesque est amie avec Rachel Ouellette. Tu connais la famille qui possède tous ces terrains forestiers ?

— Oh. Hein ? Quel rapport avec tout ça ?

— Eh bien, j'ai croisé Rachel au magasin, et elle m'a dit que Clint, le petit ami d'Amy, est un électricien qui travaille pour l'entreprise engagée pour effectuer les réparations du phare. C'est beaucoup d'argent pour des réparations, alors j'en ai parlé à Daniel. On verra s'il fait suite à cela. Pas qu'il me tiendra au courant, offrit-elle en roulant des yeux.

Zoe essayait toujours de convaincre Daniel de la tenir

informée des affaires policières impliquant des sorcières, tandis que Daniel s'efforçait constamment d'établir des limites.

— Tu penses vraiment que le petit ami d'Amy a quelque chose à voir avec ça ?

— Eh bien, il va recevoir des milliers et des milliers d'euros pour refaire tout le câblage de ce phare.

Réfléchissant à son commentaire, je pris une gorgée de café. — Mais comment auraient-ils pu le savoir si ils savaient que le phare fonctionnait grâce à la magie ?

Zoe haussa les épaules. — Je ne sais pas.

— En plus, ont-ils prévu le naufrage ? demandai-je, de plus en plus sceptique. — Ça semble un peu farfelu.

— Eh bien, si tout était planifié, alors peut-être que ce n'était pas si grave. Je ne sais pas, c'est juste quelque chose à considérer. Parce que je mettrais ma main à couper que l'entreprise pour laquelle il travaille est celle qui va décrocher le contrat pour réparer le phare de Beacon's Charm.

Je méditai sur cela pendant que nous finissions nos cafés. — Tu veux qu'on se retrouve à Enchanted Spirits plus tard ? demandai-je en me levant de table.

Zoe sortit avec moi. — Bien sûr. Peut-être que je pourrai même persuader Daniel de prendre un verre après le travail.

Elle déposa un baiser sur ma joue devant Magic Beans, puis se dirigea vers sa voiture tandis que je traversais la place pour ouvrir Persnickety Potions & Gifts. J'adorais les matins du début de l'hiver quand on avait l'impression que la ville elle-même se réveillait. Les lumières s'allumaient dans les magasins, et le soleil apparaissait à l'horizon, ses rayons scintillant sur le paysage givré et étincelant.

Malgré l'air frais, je ne fus pas surprise de voir Beatrice Powers traverser la place en trombe avec son groupe de marche sportive. Leur nombre diminuait en hiver, mais quelques irréductibles continuaient toute l'année. En tête, bien sûr, se trouvait Beatrice elle-même. Elle me fit signe en passant, criant : — Je passerai à la boutique plus tard pour te voir.

Lui rendant son salut, je traversai la rue. D'un mouvement du poignet, j'éliminai le sort de protection sur la porte d'entrée et entrai. Préparant la boutique pour les clients, je retournai l'écriteau sur « Ouvert », allumai l'ordinateur et installai les présentoirs pour les fêtes.

En quelques minutes, la clochette au-dessus de la porte tinta, et les clients commencèrent à déambuler dans la boutique. Je fus soulagée lorsqu'une livraison de bijoux de l'un des joailliers que nous fréquentions à Portland arriva en milieu de matinée avec le courrier. Nous avions un besoin urgent de réapprovisionner les bracelets à breloques et les bagues.

Je les triai rapidement, les organisant dans la vitrine et lançant des sorts de charme sur chacun d'eux. Nos bracelets à breloques et nos bagues à charme étaient véritablement ensorcelés. Bien sûr, les sorts étaient bénins dans le sens où ils étaient légers, destinés à égayer l'humeur de quiconque les portait. Mais néanmoins, les sorts rendaient nos bracelets et nos bagues populaires, même si la plupart des gens n'avaient aucune idée pourquoi ils les aimaient tant.

Vers midi, il y eut une accalmie dans le flot de clients car tous les acheteurs venus de l'extérieur avaient fait une pause pour déjeuner. Par chance, Beatrice Powers passa à ce moment-là. Elle avait troqué sa tenue de marche, composée de leggings en polaire ajustés et d'une veste, contre une robe portefeuille en laine chaude et un jean avec des bottines en cuir à lacets. Avec ses cheveux argentés courts et ses yeux bruns pétillants, Beatrice était toujours un plaisir avec qui discuter. Elle était mince comme un lévrier et avait tendance à vibrer d'énergie même quand elle ne marchait pas à vitesse grand V.

— Bonjour, Moira, lança-t-elle en s'approchant du comptoir.

Quelques clients feuilletaient dans le coin arrière, mais je les avais déjà renseignés, donc je pus lui accorder mon attention. — Bonjour, Beatrice, que puis-je faire pour vous aujourd'hui ?

Elle s'arrêta devant le comptoir, posant ses mains sur sa surface de verre. Notre comptoir servait aussi de vitrine. Elle baissa les yeux, tapotant d'un ongle rouge brillant sur une bague à charme avec une améthyste sertie en son centre. — C'est ce dont j'ai besoin. Ça, dit-elle fermement. — C'est pour ma fille. Si ça ne vous dérange pas, dites-moi quel charme elle porte car je vais l'amplifier.

Beatrice était aussi une sorcière et descendait d'une ancienne famille de sorcières. Elle avait épousé un membre de la famille Powers. Comme les Wickeds et les Goods, sa famille et les Powers avaient fui la région de Salem des années avant les procès des sorcières de Salem, quand la menace flottait dans la région à travers murmures et secrets. Les Powers étaient arrivés à Charm Cove peu après les familles fondatrices, et elle avait épousé un membre de la famille. Son mari était décédé, et sa fille vivait à quelques villages de là avec l'homme qu'elle avait épousé après l'université.

Beatrice avait autrefois été considérée comme l'une des sorcières les plus puissantes de Charm Cove, et je pariais qu'elle l'était toujours. Cependant, elle n'était plus très active dans la communauté, et elle restait discrète. Vivant dans la maison familiale d'origine sur la place de la ville, elle dirigeait son groupe de marche sportive et ne s'impliquait qu'occasionnellement dans le monde des sorcières.

Malgré son profil bas, j'avais appris qu'elle gardait l'oreille au sol et savait ce qui se passait à tout moment.

— Vous pouvez la charmer comme vous le souhaitez, Beatrice. Le seul charme que nous avons ajouté était d'améliorer l'humeur. C'est tout ce que nous faisons.

— Pas de sorts d'amour ? demanda-t-elle avec un sourire malicieux.

— Absolument pas, répondis-je en riant.

— Ta tante Lea n'était jamais contre ça.

Pour la première fois, je sentis que Beatrice faisait allusion à quelque chose concernant Liam et moi. Je ne doutais pas une seconde qu'elle était au courant des commérages nous concernant — comment quiconque à Charm Cove aurait pu les manquer me dépassait —, mais elle restait sous le radar avec ses opinions.

Je me contentai de sourire et de hausser les épaules. — Vous êtes sûre que c'est celle que vous voulez ?

À son hochement de tête, je sortis la bague de la vitrine et allai chercher une boîte. — Avez-vous besoin qu'elle soit emballée ? demandai-je par-dessus mon épaule avant d'aller à l'arrière.

— Oui, s'il vous plaît.

Je pris une boîte et un ensemble de papier cadeau et de nœuds que les jumeaux avaient préparés l'autre jour avant de revenir au comptoir. Tout en emballant la bague à charme, je regardai Beatrice. — Qu'avez-vous entendu à propos du phare et des trois personnes qui étaient cachées par le sort d'invisibilité sur la plage ?

Beatrice tambourina des doigts sur le comptoir, son regard pensif. — Pas grand-chose en fait. Et ça m'inquiète. Je pense que c'est un coup monté par quelqu'un d'extérieur.

Repliant les bords du papier cadeau, je considérai son commentaire. — Je peux comprendre ça, répondis-je en nouant le ruban autour de la petite boîte. — Mais qui aurait assez de pouvoir en dehors de Charm Cove pour briser le sort sur le phare ? Je veux dire, soyons honnêtes, même les anciennes familles de Salem n'ont plus ce genre de pouvoir.

Beatrice resta silencieuse un moment. — Je sais. C'est ce qui m'inquiète. Parce que tu as raison. Je ne connais pas beaucoup de familles qui ont autant de pouvoir, certainement très peu. Peut-être quelques-unes ici et peut-être certaines d'Europe. Quoi que nous pensions, aucune des personnes sur ce bateau n'avait assez de pouvoir. Nous n'avons pas non plus entendu un mot d'eux en ville. L'une est une sorcière, l'autre un sorcier, mais la troisième personne n'est qu'un homme. Si je comprends bien, ils étaient sur la plage, complètement invisibles pour vous tous.

Quelques heures plus tard, ils se sont présentés au poste de police. Si cet homme avec eux ne savait pas qu'ils avaient potentiellement du pouvoir, je pense qu'il aurait été un peu paniqué.

— Rien de tout cela n'a de sens, ajoutai-je. — Zoe se demande si cela a quelque chose à voir avec les travaux électriques sur le phare. Apparemment, Amy Lévesque sort avec Clint Owen, qui travaille pour l'entrepreneur qui soumissionne pour le chantier du phare. Je ne sais pas si je crois à cette théorie, cependant. Comment auraient-ils su que quelqu'un allait griller l'électricité de ce phare ? C'est un gros chantier, mais il semble farfelu qu'ils aient pu le savoir à l'avance.

Glissant la boîte emballée dans l'un de nos sacs en papier de fête, je la tendis à Beatrice et enregistrai la vente. Beatrice acquiesça, tordant sa bouche avec un soupir. — Je suis d'accord ; ça n'a pas vraiment de sens. Mais rien d'autre n'apparaît sur le radar, et je suis attentive, ma chère.

— Je sais que vous l'êtes. Si c'est quelqu'un de l'extérieur, qu'est-ce qu'ils pourraient vouloir d'autre ? Parce que le contrat électrique est local.

— Ça a quelque chose à voir avec le phare. Ça, c'est sûr. Nous devons simplement comprendre qui bénéficie de la rupture de ce sort. Que nous jetions un autre sort de phare ou non, nous pouvons le recâbler pour qu'il fonctionne. Donc c'est une énigme de savoir pourquoi quelqu'un voudrait briser le sort, médita Beatrice.

— Que savez-vous de ces trois personnes ? demandai-je.

Beatrice fit une pause, inclinant la tête sur le côté. — Eh bien, ils sont jeunes. Amy et son petit ami sont plus jeunes que toi. Le patron de son petit ami va gagner pas mal d'argent pour ce travail, mais c'est à peu près tout ce que je sais. Le sorcier avec eux était Jared Booth. Je n'ai pas entendu beaucoup parler de sa famille depuis des années. Ils ont tous survécu aux procès des sorcières de Salem et ont réussi à convaincre la ville qu'ils n'en faisaient pas partie. Selon la mère de Liam, l'un de leurs parents a témoigné contre l'une des sorcières qui a été exécutée. Savoir s'ils ont continué à pratiquer la magie est une bonne question. Quant à l'homme avec eux, je ne sais presque rien de lui, si ce n'est qu'il est le petit ami d'Amy et qu'il est électricien. Il n'a pas de pouvoirs. On pourrait penser que le sort d'invisibilité l'aurait fait flipper, dit-elle en secouant vivement la tête.

— Celui qui a assommé Nathan n'était probablement pas une sorcière. Sinon, ils auraient été plus subtils.

— À moins qu'ils n'essaient de nous lancer sur une fausse piste, ajouta Beatrice.

— J'y ai pensé aussi, dis-je avec un soupir.

— Eh bien, j'ai invité la tante d'Amy à prendre le thé. C'est une vieille amie. Je vais voir ce que je peux découvrir, dit-elle en me tendant sa carte de crédit.

— Faites donc ça, dis-je alors qu'un autre client s'approchait du comptoir.

Beatrice ne perdit pas une seconde, remettant rapidement sa carte de crédit dans son sac une fois que je l'eus scannée et que je lui eus remis son reçu. — À plus tard, ma chère, dit-elle en s'éloignant.

Le reste de l'après-midi passa à toute vitesse. J'étais trop occupée pour même beaucoup réfléchir, et je poussai un soupir de soulagement quand les jumeaux arrivèrent après l'école. Nous gagnions de l'argent à tour de bras, mais j'avais besoin de plus de mains.

Après la fermeture de la boutique, je fis un rapide tour d'inspection. À la fin de la journée, c'était calme et paisible et je me sentais dans mon petit domaine. Je ris toute seule en lançant le sort de protection sur la porte arrière. Qui aurait pensé il y a un an que j'aurais été heureuse d'être de retour ici ?

Certainement pas moi. Mais alors j'étais à New York, luttant pour vivre une vie sans sorcellerie et cacher ma vraie nature. Ça avait été un échec total. La maison me manquait, et il avait été difficile de cacher qui j'étais. J'avais aussi toujours eu ce doute lancinant dans un coin de ma tête à propos de Liam. Il m'avait profondément manqué bien que je n'eusse pas su qu'il était déjà divorcé. Son mariage avait été de courte durée.

Après avoir vérifié l'avant, je sortis par l'entrée principale. D'un mouvement du poignet, je lançai un sort de protection sur la porte et glissai mes clés dans mon sac à main avant de traverser la place vers Enchanted Spirits.

CHAPITRE SIX

Tapi dans le coin de la banquette, Liam était pressé contre moi. Ce qui ne me dérangeait pas, soit dit en passant. Pas le moins du monde. Cet homme n'était que muscles, et il dégageait une chaleur agréable. Ma veste s'était avérée trop légère pour le temps qu'il faisait aujourd'hui. L'hiver avait finalement mordu dans l'air et ne le lâchait plus. J'avais attrapé froid pendant le court trajet jusqu'ici.

Dès mon arrivée, Liam était entré derrière moi, accompagné de Nathan, Zoé, Daniel et ma cousine Emma. Nous avions réussi à nous installer dans l'unique box disponible, qui n'était pas vraiment assez grand pour nous tous. Daniel n'était pas en uniforme, ce qui était un soulagement. Nathan leva le bras pour attirer l'attention d'une serveuse. Elle s'arrêta à notre table, et il lui adressa un sourire charmeur.

— On prendra une carafe de bière, s'il vous plaît, dit Nathan.

— Tout de suite, mon mignon. Autre chose ? demanda la serveuse, son regard parcourant la table.

— Ça devrait suffire pour commencer. Est-ce qu'on sait ce qu'on veut commander d'autre ? demanda Zoé, nous regardant tour à tour.

— Je prendrai du fish and chips, proposai-je.

L'effet domino se produisit aussitôt, chacun annonçant rapidement ce qu'il voulait. Il valait mieux commander dès que possible ici, ou on risquait d'attendre longtemps. La serveuse nota toutes les commandes puis s'éloigna précipitamment.

Nathan n'attendit pas, dirigeant directement son regard vers Daniel. — Alors, quelles sont les nouvelles ?

Daniel rit et haussa les épaules. — Je ne suis pas de service, mon vieux. Et puis, tu sais que je n'aime pas mélanger le travail et le plaisir.

Zoé leva les yeux au ciel et lui donna un coup de coude. Ils formaient un couple bien assorti et étaient déjà ensemble au lycée avant de se marier. Les boucles brunes et les yeux de Zoé s'accordaient avec la coloration de Daniel, bien que ses cheveux foncés soient raides.

Nathan se pencha en arrière, posant nonchalamment sa main sur la table. — J'ai quand même été une victime cette fois, sinon je ne te demanderais pas. Quelqu'un m'a frappé à la tête et m'a enfermé dans un fichu placard. Tu pourrais au moins me tenir au courant.

Daniel haussa les épaules. — J'aimerais avoir plus d'informations à te donner. Je suis perplexe sur cette affaire. Dommage que tu aies été assommé, parce que tu aurais été le seul témoin que nous ayons jusqu'à présent.

Nathan passa la main dans ses cheveux. — C'est juste. J'aimerais simplement qu'on ait quelque chose sur quoi s'appuyer.

Daniel promena son regard autour de la table. — N'hésitez pas à passer au commissariat si vous avez des pistes. Nos trois passagers du bateau qui ont disparu ne semblent pas en savoir beaucoup. Ou du moins, ils prétendent ne rien savoir du tout.

Nathan soupira profondément et secoua la tête. — Eh bien, penses-tu qu'ils savent quelque chose, ou sont-ils aussi perdus que nous ?

Daniel haussa les épaules. — Je n'en suis pas trop sûr. Je laisse les choses se tasser pour voir quelle poussière on peut soulever. Maintenant, si ça ne vous dérange pas, détendons-nous.

Zoé intervint. — Je lui ai promis qu'on allait juste passer du bon temps.

La conversation dévia, du moins à notre table. Cela n'empêcha pas quelques habitants de s'arrêter pour demander à Daniel ce qu'il savait. Un naufrage sur les rives de Charm Cove et un phare brisé au phare de Beacon's Charm faisaient toujours la une, quoi qu'il arrive.

Bien que Daniel ne l'ait jamais dit explicitement, je soupçonnais qu'il était venu à l'invitation de Zoé, au cas où il entendrait des rumeurs.

———

Plus tard ce soir-là, j'étais appuyée contre l'épaule de Liam sur le canapé pendant que nous regardions la télévision, un feu crépitant dans la cheminée. Ghost était roulé en boule dans le coin opposé du canapé, ronronnant assez fort pour être entendu dans toute la pièce.

— Opal est passée au bureau l'autre jour, dit Liam, sa voix résonnant contre mon oreille.

Je me suis redressée pour regarder dans ses yeux. — Ah bon ?

Entre autres choses, Liam travaillait dans la société d'investissement de sa famille, gérant des comptes en ligne. Il hocha la tête tandis que ses doigts jouaient avec les pointes de mes cheveux.

— Oui, elle a déposé les bagues.

Une petite vrille d'anxiété tourbillonna dans mon ventre. — Les bagues ?

Liam bougea, se penchant en arrière alors que je me redressais, ses yeux scrutant mon visage. — Ne panique pas. Selon elle, elle était chargée de protéger les deux bagues que nous sommes censés porter après nos fiançailles. Elle les a apportées parce qu'elle pense qu'il est temps que je les garde.

Ses paroles étaient calmes et mesurées, mais mon cœur commençait à tambouriner dans ma poitrine. Intellectuellement, je savais qu'il ne me mettait pas la pression, mais je ne savais toujours pas quoi penser de tout ça. Personne dans notre famille ne m'avait mentionné cette partie de notre destin. Je veux dire, je m'attendais à ce que nous portions des bagues parce que c'est ce que les gens font, mais je n'avais aucune idée que des bagues *spéciales* étaient impliquées.

— Je n'ai jamais entendu parler de ces bagues auparavant. Et toi ?

Il secoua la tête. — Non. J'ai pensé que je devais t'en parler, pour que tu ne paniques pas si quelqu'un d'autre les mentionne.

— A-t-elle dit autre chose ?

Nouveau hochement de tête négatif. — Détends-toi, Moira. Détends-toi, dit-il d'un ton bas et apaisant.

D'une certaine façon, il gérait la pression de nos familles bien mieux que moi. Je ne doutais pas de mes sentiments pour lui — pas le moins du monde — mais je ne supportais pas bien le poids collectif des attentes de nos familles.

Je pris une profonde inspiration et la relâchai en un soupir tremblant. — Je suis contente d'être à la maison, et je suis contente d'être avec toi, mais bon sang, j'aimerais que nos familles nous lâchent parfois.

— Je sais. Ignore-les simplement, murmura-t-il. Il inclina la tête, capturant mes lèvres dans un baiser.

Rien n'était jamais rapide quand il s'agissait d'embrasser Liam Good. Wicked et Good s'accordaient plutôt bien.

CHAPITRE SEPT

— Moira ! s'écria Opal en faisant irruption dans la boutique, accompagnée d'une rafale de vent glacial et de neige tourbillonnante.

Aujourd'hui, le temps était froid et gris avec des menaces de neige intermittentes, tournoyant en cercles avec le vent. La brise soufflait depuis l'océan Atlantique et l'air extérieur embaumait le bois brûlé. Une véritable tempête de neige approchait. Je pouvais le sentir. Ce ne serait peut-être pas aujourd'hui, mais ce serait certainement bientôt.

Opal portait un manteau de laine rouge foncé. Elle ne s'était même pas embêtée avec un chapeau malgré le froid. Elle était toujours très soignée, et aujourd'hui ne faisait pas exception. Avec ses cheveux argentés encore striés de mèches sombres torsadés en chignon et ses lunettes rouges assorties à son manteau, elle portait une longue jupe noire en laine et des bottes. Même si le vent l'avait probablement poussée à travers la place jusqu'à ma boutique, pas un cheveu ne dépassait.

Ses yeux bleus perçants balayèrent ma boutique, comptant sans doute le nombre de clients. Opal gérait la boutique familiale des Good, Beauty Bewitched, mais ils n'étaient pas vraiment des concurrents pour nous. En fait, nos commerces se complétaient.

Les deux magasins avaient été fondés il y a des siècles, bien avant que ne se développe entre nos familles cette querelle qui dura un siècle et aboutit au fameux sort qui décrétait que j'épouserais Liam.

Mon esprit revint à la nuit dernière et aux anneaux dont Liam avait parlé. Je chassai rapidement cette pensée. Bien qu'Opal puisse certainement me donner plus d'informations sur ces anneaux, je n'étais pas vraiment d'humeur.

Pas avec une boutique pleine de clients et beaucoup à faire plutôt que de m'attarder sur mon prétendu destin. Non pas que mon destin soit une mauvaise chose. J'étais presque certaine d'être amoureuse de Liam, mais je ne connaissais personne qui appréciait que toute sa famille lui dicte quoi faire et quand, certainement pas moi.

Avant qu'Opal ne m'atteigne, une cliente s'approcha du comptoir. Opal s'occupa à réarranger un présentoir d'ornements de Noël décoratifs pendant que j'aidais la femme à choisir un bracelet à breloques pour sa fille pour Noël. Après avoir servi quelques clients supplémentaires, j'eus enfin un moment pour parler avec Opal. Elle était rien sinon gracieuse et avait attendu poliment jusqu'à ce qu'il y ait une accalmie.

Son regard balayant une fois de plus la pièce, elle constata, tout comme moi, que les clients restants étaient occupés. Elle appuya sa hanche contre le comptoir, tambourinant de ses ongles transparents sur le verre.

— Eh bien, ma chère, nous devons discuter du Festival des Charmes.

Comme un éclair, je m'en souvins soudain. Les Wicked et les Good organisaient chaque année une célébration des fêtes depuis quelques siècles. Quelques-unes des autres familles fondatrices aidaient, mais nos familles étaient considérées comme les seuls et uniques fondateurs de la ville. Les Bishop étaient arrivés peu après nous, ainsi que les Powers et quelques autres familles, mais nous étions considérés comme les fondateurs, donc c'était en quelque sorte notre responsabilité d'organiser cet événement chaque année.

Je n'avais certainement pas pris en compte cette responsabilité lorsque j'avais repris la boutique. Mais ce n'était pas une plaisanterie, et je devais m'y mettre, genre, hier. Je me donnai une secousse mentale et fis semblant de m'en être souvenue.

— Ah oui, c'est vrai. Nous devrions nous réunir. Peut-être pas maintenant. On pourrait dîner au Charm Café ? Devrions-nous inviter quelqu'un d'autre ? Je n'ai même pas pensé à demander à tante Lea qui était impliqué dans la planification.

Opal hocha fermement la tête.

— Nous devrions nous retrouver pour dîner au Charm Café ce soir. N'amène pas Liam avec toi, cependant. Il ne nous sera d'aucune aide, pas avant que nous ne décidions qui fait quoi.

Non pas que je m'attendais à ce que Liam veuille venir, mais elle me mettait dos au mur.

— Donc les hommes n'aident pas du tout à ça ?

Opal haussa l'épaule avec élégance.

— Nous faisons la planification, puis nous leur disons quoi faire. Je suis sûre que Liam fera tout ce que tu voudras. Cet homme est complètement fou de toi.

Elle leva un peu les yeux au ciel et souffla.

— J'espère que vous allez arrêter de tourner autour de votre destin.

J'ignorai cette partie de ses commentaires. Après avoir appris l'existence des anneaux, j'y avais réfléchi hier soir. Considérant que je savais ce que je voulais — lui — il m'était venu à l'esprit que nous fiancer pourrait atténuer une partie des bavardages à notre sujet au sein de nos familles.

J'avais pleinement l'intention d'épouser Liam. Je voulais juste le faire à mes propres conditions.

Reportant mon attention sur Opal, j'acquiesçai.

— Et si on se retrouvait à dix-huit heures ? Je ferme à dix-sept heures trente, donc ça me donnera le temps de fermer la boutique et de marcher jusqu'au café. Dois-je appeler ma mère, Lea et Penelope ?

Je n'avais jamais été invitée à l'une de ces réunions de planification, mais je savais qu'elles le faisaient toutes ensemble parce que ma mère y avait participé chaque année quand j'étais enfant.

— Bien sûr que tu devrais. J'inviterai Alice et quelques autres. Beatrice vient habituellement aussi. Très bien, ma chère, à tout à l'heure, dit-elle en ajustant son manteau.

Sur ces mots, elle pivota et s'éloigna, une autre rafale d'air froid et quelques flocons de neige soufflant par la porte lorsqu'elle sortit.

Le reste de mon après-midi fut bien rempli, mais j'avais hâte d'être à ce soir. Bien que j'aie eu un moment d'appréhension en réalisant que j'assumais désormais une partie de la responsabilité du festival artistique annuel des fêtes de Charm Cove, cela passa rapidement, se transformant en un bourdonnement d'anticipation. J'avais hâte de me retrouver pour dîner et commencer à planifier. En plus de cela, j'aurais une autre occasion de rester à l'affût des potins concernant le naufrage et le phare.

———

Sous une légère chute de neige, je resserrai mon manteau autour de mes épaules tout en traversant rapidement la place de la ville. Les lumières de fête scintillaient à travers la neige qui tournoyait légèrement dans le vent, et la lune se levait au-dessus de l'océan au loin. C'était une belle soirée d'hiver, le genre de nuit qui inspirait des tableaux. Ou mieux encore, des photographies sur des cartes postales.

Riant pour moi-même, je coupai à travers la place vers Wicked Way. En tournant dans Main Street, les lumières de fête sur les devantures des magasins et les maisons scintillaient dans l'obscurité. Charm Cove avait toujours des lampes à l'ancienne bien qu'elles ne fussent plus allumées par des bougies. La ville avait dû évoluer avec son temps et les avait converties à l'électricité. On était peut-être connus pour nos manières de sorciers et pratiquement marinés dans l'histoire, mais nous étions fiers de rester modernes.

Le Charm Café se trouvait dans une maison de style cape rénovée, l'un des probablement millions dans le Nord-Est. Peut-être que j'exagérais. Le style Cape Cod de petites maisons carrées, généralement avec des lucarnes à l'étage supérieur, était populaire dans toute la Nouvelle-Angleterre et l'avait été pendant des siècles. Dans le style classique, la porte d'entrée menait au centre avec un escalier en plein milieu. D'un côté se trouvait habituellement un salon et de l'autre une salle à manger. Un couloir étroit menait à une cuisine à l'arrière et peut-être une salle de bain. Les chambres et une salle de bain étaient à l'étage.

Il pouvait y avoir ou non une salle de bain au rez-de-chaussée, selon l'ancienneté de la maison. Comme beaucoup de maisons dans la région, une cave à l'ancienne en dessous avait des canaux taillés dans le granit pour que l'eau puisse s'écouler à travers le sous-sol lorsque tout fondait au printemps. Ma famille les avait laissés en place, ne serait-ce que parce qu'ils étaient extrêmement pratiques. À l'époque, il était prévu que les caves aient de l'eau qui s'y infiltre chaque printemps, mais les bâtiments d'aujourd'hui n'invitaient pas l'eau à l'intérieur.

Certaines de ces vieilles maisons cape conservaient toutes les caractéristiques d'origine, mais beaucoup d'entre elles avaient été modernisées. Certaines avaient même de vieux toits d'ardoise. La maison de ma famille était plutôt de style colonial avec presque tout mis à jour, y compris un toit rouge vif qui lui donnait un aspect joyeux.

Le Charm Café était adorable de l'extérieur. La vieille maison avait été repeinte dans une douce nuance de lavande. Des lumières de fête joyeuses étaient suspendues autour de ses toits. En entrant par l'avant, les escaliers menaient à ce qui était maintenant la cuisine du restaurant. Les deux pièces principales du rez-de-chaussée avaient été converties en salles à manger avec un bar à l'arrière où se trouvait la cuisine de la maison dans sa vie antérieure. En été, la terrasse offrait plus de places pour dîner, ainsi qu'une vue spectaculaire sur l'océan Atlantique.

Je tapai mes bottes sur le seuil en franchissant la porte. Après avoir secoué la neige de ma veste, je la gardai sur mon bras tandis que je jetais un coup d'œil autour de moi. Ma mère et ma tante Lea me firent signe depuis le coin le plus éloigné où elles avaient réquisitionné une grande table ronde. Je présumais qu'elles avaient même appelé pour faire des réservations vu l'affluence dans le restaurant. En me dirigeant vers elles, j'entendis la voix d'Opal derrière moi, puis celle d'Alice, la mère de Liam, se joindre à la conversation.

En quelques minutes, la table était pleine. Autour de la table se trouvaient moi, ma mère, tante Lea, tante Penelope, Alice et Opal Good, et Beatrice Powers. Apparemment, personne de la famille Bishop n'avait pu venir à si court préavis, et Opal s'inquiétait à ce sujet. Elle prenait ses responsabilités très au sérieux et semblait penser qu'ils auraient dû savoir qu'elle avait l'intention de les consulter ce jour particulier.

Alice haussa les épaules en réponse à son inquiétude.

— Opal, arrête de t'agiter. Chaque année, Dottie Bishop fait ça. Nous ferons la majeure partie de la planification ce soir, puis elle va se rattraper en faisant beaucoup de travail.

Opal et Alice avaient toutes deux épousé des membres de la famille Good, mais étaient des sorcières à part entière. Elles se chamaillaient comme des sœurs même si elles n'étaient que des belles-sœurs. On pouvait en dire autant de ma mère, Lea et Penelope.

Sans un mot, tante Lea leva la main, appelant le serveur et commandant deux carafes de vin rouge pour la table.

— Tu sais que je dois conduire pour rentrer, fis-je remarquer.

Ma mère intervint.

— Oh, ma chérie, j'ai déjà appelé Liam et je lui ai dit de prévoir de venir te chercher. Tu n'as même pas à t'inquiéter de conduire. Nous avons beaucoup de planification à faire, et tu ferais aussi bien d'en profiter.

Vous vous souvenez de ce que j'ai dit à propos de ma famille qui se mêle de tout ? Ils ne réfléchissaient même pas à deux fois avant d'organiser mon transport sans me consulter d'abord.

Captant le regard de ma mère, je levai les yeux au ciel en retour.

— Je suppose que tu penses que je devrais te remercier d'être aussi présomptueuse.

Ma mère gloussa, puis Lea, Penelope et Alice se joignirent à elle.

— Chérie, fais-toi une raison.

Je n'avais pas vraiment envie de discuter davantage sur ce point. À ce stade, j'avais besoin de vin. En un rien de temps, nous avions du vin, du pain frais avec du beurre, et notre nourriture était en route. Nous nous sommes installées pour une solide session de planification.

À la fin de la soirée, toutes les tâches avaient été attribuées. Cela comprenait l'organisation de la nourriture qui serait servie à chaque endroit du centre-ville pendant les deux semaines de célébration des fêtes, une parade le jour de Noël et une autre parade le jour de l'An. Avec de nombreux résidents de Charm Cove ayant un mélange d'ascendance française et celtique, nous nous assurions que ces thèmes se tissaient à travers l'événement annuel. L'auditorium du lycée accueillerait le festival des arts, une collecte de fonds et les performances de la chorale. Nous avions une tonne de travail à faire.

Je me souvenais à quel point j'aimais cette période de l'année quand j'étais enfant, donc j'étais vraiment très excitée d'être du côté de la planification. S'il y avait une chose qui ne me dérangeait pas, c'était le travail acharné. J'étais certainement un peu éméchée au moment où la planification était terminée.

Avec emphase, tante Penelope ferma sa tablette informatique où elle avait consciencieusement fait des listes de tout.

— Nous sommes prêtes, mesdames. Maintenant, il nous suffit de faire claquer le fouet pour les hommes.

— Passons à autre chose, nous avons un autre problème à discuter, dit Opal avec vivacité.

Bien qu'elle eût bu quelques verres de vin, on pouvait à peine le remarquer. Son regard perspicace se rétrécit tandis qu'elle balayait la table du regard.

— Nous avons besoin d'un plan pour faire face aux Garde-côtes et au Bureau des Parcs et Terres. Ils veulent que le phare de Beacon's Charm soit opérationnel dans deux semaines. Notre planche de salut est que l'entreprise que nous avons engagée pour faire les réparations électriques ne pourra pas commencer avant deux semaines supplémentaires. Nous devons découvrir qui est derrière tout ça et comment jeter à nouveau le sort du phare.

La mère de Liam, Alice, l'experte locale en généalogie de la ville, hocha lentement la tête.

— Eh bien, j'ai cherché des informations sur les personnes qui étaient sur la plage cette nuit-là. L'une d'elles est lointaine-ment liée à une famille qui a essayé d'acheter la propriété du phare il y a environ deux cent cinquante ans. C'était juste avant que nos familles ne jettent le sort pour mettre fin au conflit entre nous, et les choses étaient plutôt désagréables à l'époque. Je suppose qu'ils pensaient pouvoir tirer profit du conflit. Je ne sais pas si cela signifie quoi que ce soit, mais ça a certainement retenu mon attention.

Opal tambourina ses ongles sur la table, comme elle avait l'habitude de le faire chaque fois qu'elle réfléchissait.

— Nous devons continuer à chercher.

Beatrice intervint.

— Je pense que c'est un coup monté par quelqu'un de l'exté-rieur. J'en ai déjà parlé à Moira.

Tante Lea posa son coude sur la table, reposant son menton dans sa main.

— Moi aussi. Je ne peux penser à personne en ville qui correspondrait au profil pour faire ce genre de méfait. Peut-être que cela a quelque chose à voir avec les Garde-côtes ? C'était il y a des années maintenant, mais ils se sont battus pour que le phare de Beacon's Charm soit déclaré monument national et voulaient que nous le cédions au gouvernement. La seule raison pour laquelle ils ont reculé était parce que nous avons volontairement permis que la propriété soit mise de côté et protégée, bien qu'elle restait légalement la propriété des Wicked et des Good.

— Zoe s'est demandé si cela avait quelque chose à voir avec l'argent pour le travail électrique. Je ne suis pas si sûre que cela ait du sens, ajoutai-je.

— Eh bien, ce travail a été proposé à plus de dix mille dollars, commenta ma mère. Et avouons-le, à part briser le sort du phare, c'était un travail bâclé. Vraiment bordélique.

Regardant ma mère, je demandai :

— Avons-nous une idée de qui a initialement jeté le sort pour la lumière ?

Ma mère s'illumina.

— Oh oui, je l'ai découvert. Il a été jeté par deux sorcières — une Wicked et une Good. Rien d'inhabituel là-dedans, mais elles ont reçu de l'aide dans la préparation d'un sorcier de la famille Powers. Aussi, en parlant des personnes sur le bateau, la famille de Jared Booth était originaire de Salem, puis plus tard, une branche de la famille a déménagé à Charm Cove. Ils ont fini par partir, ou la plupart d'entre eux, car ils sont restés discrets pendant des siècles. Je doute que ce soit une coïncidence que Jared Booth était sur ce bateau. Nous devons découvrir ce qui leur est arrivé après leur départ.

— Penses-tu que nous pouvons raviver le sort ? demandai-je.

Beatrice acquiesça fermement.

— Bien sûr que nous le pouvons. Les sorts ne sont pas spécifiques à une famille. Nous avons juste besoin de suffisamment de puissance. Je serai heureuse d'aider.

Il allait sans dire que Beatrice était assez puissante, tout comme sa famille. Petits-enfants, nièces et neveux conservaient tous les pouvoirs.

Nous devions juste trouver le sort et nous avions à peine deux semaines pour le faire. En plein milieu de cette folle période des fêtes.

CHAPITRE HUIT

Le jour suivant, j'ai retrouvé Emma pour prendre un café au Magic Beans. Elle et moi avions pris l'habitude de prendre un café ensemble tous les quelques jours. Je sirotais mon café et grignotais mon scone pendant qu'elle récupérait son café au comptoir. Une fois assise en face de moi, je lui ai jeté un coup d'œil.

— Tu aides à organiser le Festival des Charmes tous les ans ?

Emma but une gorgée de café avant de hocher la tête.

— Oh oui. Je suis presque sûre que c'est contre la loi pour un membre des familles Wicked ou Good d'essayer d'y échapper.

J'ai ri doucement.

— Ça semble être le cas. C'était tellement amusant quand on était petites.

Les yeux bleus d'Emma s'illuminèrent quand elle sourit.

— C'est vrai. Ça demande énormément de travail pour tout mettre en place, mais c'est toujours sympa. Désolée de ne pas avoir pu venir dîner hier soir.

— Où étais-tu d'ailleurs ?

— J'avais un rendez-vous, dit-elle avec un sourire en coin.

— Ah vraiment ? Avec qui ?

— Jackson, Jackson Howe, répondit-elle, son sourire s'élargissant et ses joues rosissant légèrement.

— D'accord, tu nous as caché des choses. Qu'est-ce qui se passe avec lui ? Bonus, c'est un sorcier, donc tu n'as pas à stresser pour cacher que tu es une sorcière.

Emma pouffa de rire.

— Je sais. Après ce qui s'est passé avec Joey, c'est devenu une exigence pour moi, répliqua-t-elle, faisant référence au gars qu'elle avait fréquenté et qui avait paniqué quand elle avait accidentellement ramené une fleur à la vie.

— Jackson est un type sympa. Je ne l'ai pas vu depuis des années, cependant. Il avait déménagé ?

— Oui, il est parti à Portland après l'université. Mais il revient s'installer ici, et tu es la seule personne à qui je le dis, alors tiens ta langue, ordonna-t-elle. On a juste dîné ensemble, donc on verra bien ce qui se passera ensuite.

J'ai ricané.

— Bien sûr. Ça doit être sympa de garder les choses discrètes. Je n'ai pas ce privilège, moi. Alors, tu l'aimes bien ?

— Je crois. Il est gentil et stable. Il est un peu à l'écart des drames habituels de Charm Cove parce qu'il n'a pas été ici depuis un moment. Ne t'inquiète pas, je suis sûre qu'il sera rattrapé par tout ça comme nous tous.

— Oh, j'en suis certaine. C'est impossible à éviter, surtout si quelqu'un dans ta famille est une sorcière ou un sorcier.

— En parlant de relations, comment ça se passe avec Liam ? demanda Emma.

J'ai pris une longue gorgée de café en la regardant.

— Ça va bien.

— Bien sûr que ça va. Il est Liam *Good*, après tout, dit-elle avec un sourire.

— Ha-ha. Bref, dis-je, redevenant sérieuse, tu savais quelque chose à propos des bagues ?

— Quelles bagues ?

— Liam m'a dit qu'Opal a apporté un ensemble de bagues

qu'elle gardait pour nous. On n'en a pas vraiment parlé davantage. Je suis tout à fait d'accord pour épouser Liam, mais je veux juste que ce soit selon mes conditions, pas celles de nos familles réunies.

Emma tendit le bras à travers la table, serrant rapidement ma main.

— Je comprends. Mais au moins tu l'aimes, et il t'adore complètement. Je m'estimerai chanceuse si je trouve quelqu'un qui me regarde ne serait-ce qu'un peu comme Liam te regarde.

J'ai pris une profonde inspiration, la relâchant dans un soupir. La cloche au-dessus de la porte tinta, et j'ai jeté un coup d'œil pour voir un groupe de touristes entrer. Juste derrière eux arrivait Clint Owen, l'électricien qui était supposément le petit ami d'Amy Lévesque et qui travaillait pour l'entrepreneur qu'ils avaient engagé pour réparer le phare. Emma et moi l'avons regardé instinctivement, nos regards se croisant quand nous nous sommes retournées l'une vers l'autre.

— Hmm, tu le connais ? demanda Emma.

— Un peu, répondis-je avec un haussement d'épaules.

Nous l'avons observé pendant qu'il achetait son café, puis, comme par hasard, Nathan est apparu, discutant tranquillement avec Clint dans la file. Après que Clint eut quitté le café, j'ai fait signe à Nathan, lui indiquant de venir à notre table. Il a pris une chaise d'une table voisine et l'a tirée jusqu'à la nôtre.

— Quoi de neuf, les filles ? demanda-t-il, avec un sourire éclatant et un clin d'œil.

Nathan ne manquait pas du légendaire charme de la famille Good. En tant que cousin de Liam, il partageait les mêmes cheveux noirs de jais et les yeux bleu glacier. Je doutais que quiconque puisse nier qu'il était séduisant, à moins d'être aveugle. Même dans ce cas, il les charmerait probablement quand même.

— Quel est le planning pour les travaux électriques du phare ? ai-je demandé.

— Il semble qu'ils pourront commencer la semaine

prochaine. Je dois dire que ça va être un sacré casse-tête. Lea a bien grillé ces câbles.

Emma rit.

— Oh oui, on peut faire confiance à ma mère pour faire les choses correctement quand elle s'y met. Est-ce que quelqu'un a une idée de qui t'a assommé et t'a enfermé dans un placard ?

Nathan soupira et but une gorgée de café.

— Pas vraiment.

— Je pense toujours qu'il y a quelque chose de louche avec cet électricien qui était sur le bateau, ajouta-t-elle.

Nathan lui jeta un regard en coin.

— Je ne pense pas. Son patron va recevoir la majeure partie de l'argent pour ce travail.

J'ai baissé la voix en parlant.

— Eh bien, la mère de Liam a mentionné que le sorcier qui était sur le bateau descend d'une famille qui a essayé d'acheter la propriété il y a environ deux cent cinquante ans.

— Quelle propriété ? demanda Nathan.

— La propriété du phare, répliquai-je sèchement.

Il éclata de rire.

— D'accord, trop évident et je n'ai pas encore bu assez de café.

— Vraiment ? demanda Emma en me regardant.

— C'est ce qu'a dit Alice, et elle a généralement raison. C'est définitivement une piste à suivre. Comment ça se passe avec les Garde-côtes et le Bureau des Parcs et Terres ?

Nathan passa une main dans ses cheveux et but une grande gorgée de café.

— Eh bien, attendre ces travaux électriques est la seule chose qui me permet de les tenir à distance pour l'instant. Notre meilleure option est d'installer des capteurs comme pour les autres phares. Mais les familles veulent que la magie soit rétablie, et moi aussi. Nous devons remettre en place ce sort.

— Eh bien, nous avons environ deux semaines pour le

comprendre. Mon père sera là-bas aujourd'hui. Tu le sais, n'est-ce pas ? demanda Emma.

Nathan acquiesça.

— Oh, oui. Il va faire son truc et voir s'il peut traquer le sort qui a été utilisé pour briser le sort initial. Est-il allé sur la plage où le naufrage a eu lieu ? demanda Nathan.

— Oui, bien sûr, mais je ne sais pas s'il y a lancé un sort, répondis-je.

— S'il ne l'a pas encore fait, il doit y aller rapidement. Je n'arrive pas à croire qu'il ait attendu si longtemps, ajouta Emma. Bien que le temps n'affecte pas beaucoup son pouvoir.

— Ça vous dérange si on vient au phare plus tard ? ai-je demandé.

— Venez quand vous voulez.

CHAPITRE NEUF

Ce soir-là, après avoir fermé la boutique, Liam m'a retrouvée à la remise à calèches, et nous nous sommes rendus ensemble au phare. L'orage que j'avais senti se former dans l'atmosphère s'était dissipé. La nuit était froide et claire, les étoiles éparpillées dans le ciel comme des diamants au-dessus de l'océan tandis que nous roulions le long de la route sinueuse qui longeait la côte.

Lorsque Liam s'arrêta sur le parking près du phare, je lui jetai un coup d'œil.

— Alors, tu es prêt à être occupé pendant quelques semaines avec le Festival du Charme ?

Une lueur brilla dans ses yeux.

— Mon père m'a prévenu que je serais occupé jusqu'au Nouvel An, répondit-il avant de se pencher par-dessus la console et de capturer mes lèvres dans un baiser.

Un rapide effleurement de sa langue contre la mienne envoya mon ventre dans une série de soubresauts.

Cet homme. Je remerciai les étoiles et mes ancêtres. Que ce soit à cause du sort ou autre chose, au moins je désirais Liam. Parfois si intensément que ça me faisait mal.

— Allez, voyons ce que Jacob a découvert, murmura-t-il.

Après être sortis de la voiture, il prit ma main dans la sienne pendant que nous entrions dans le phare. Le murmure de voix nous parvenait alors que nous montions les escaliers. Je remarquai que les petits compartiments qui avaient été brisés lors de la série de cambriolages quelques mois auparavant avaient été réparés.

Lorsque nous avons atteint l'étage supérieur, nous avons trouvé Jacob, Tante Lea, Nathan et, curieusement, l'électricien, Clint Owen. Nathan croisa notre regard, secouant légèrement la tête. J'interprétai cela comme signifiant qu'il ne s'attendait pas non plus à ce que Clint soit là.

— Bon, commença Tante Lea, une main sur la hanche et les yeux plissés, pourquoi diable cela va-t-il prendre une semaine de plus ? Et pourquoi le prix convenu augmente-t-il ? Rien de tout cela n'a de sens. Nous savions dès le départ combien de travail cela allait représenter.

Son ton était sec et désapprobateur. Bien que Nathan soit responsable de la gestion du phare de Beacon's Charm et de son entretien, les projets majeurs impliquaient généralement l'opinion d'autres personnes. Il y avait *toujours* beaucoup d'opinions à recueillir parmi les Wickeds et les Goods.

J'observai Clint qui se dandinait d'un pied sur l'autre, l'air mal à l'aise. — Je suis désolé, madame, murmura-t-il. C'est ce que mon patron m'a demandé de vous transmettre.

Tante Lea souffla et leva les yeux au ciel. — Si vous modifiez le contrat, alors nous avons l'opportunité de voir si nous pouvons obtenir une meilleure offre, donc nous allons le faire.

— Attendez une minute, commença à dire Clint.

Nathan plissa les yeux et intervint avant que Lea n'ait une chance de parler. — Le contrat n'est valable qu'en fonction de l'accord. Vous changez l'accord, donc nous allons voir ce que nous pouvons faire d'autre. En attendant, j'ai de la famille ici, nous pourrons en discuter plus tard, dit rapidement Nathan.

Il se retourna et sortit de la pièce supérieure. Quand Clint resta cloué au sol, Nathan regarda en arrière. — Nous en discuterons plus tard. Sur ce, il fit signe à Clint de le suivre.

L'étage supérieur du phare était une vaste pièce ronde. C'était là que se trouvait le phare lui-même. Une petite chambre était située sur le côté, mais rien de plus. Dans l'ancien temps, la famille qui gérait le phare vivait réellement ici. Les temps avaient changé, et Nathan vivait maintenant de l'autre côté de la rue dans une maison plus confortable.

Une paire de chaises était disposée dans le coin, alors je m'y dirigeai pour m'asseoir. Tante Lea me suivit, s'asseyant avec un soupir satisfait.

—Je me demande si cet entrepreneur électricien n'aurait pas quelque chose à voir avec tout ce bazar. C'est la deuxième fois qu'ils essaient de renégocier le prix, commenta-t-elle.

— Des conneries si tu veux mon avis, dis-je. Quand Zoe l'a suggéré, je ne pensais pas que c'était une théorie solide, mais peut-être qu'elle était sur une piste. Sauf que ça ne résout pas la partie magique.

Tante Lea haussa les épaules, pinçant les lèvres. — Peut-être que si. Nous savons que Clint n'a pas de pouvoirs, mais sa petite amie en a, et il connaît probablement d'autres personnes qui en ont aussi. Charm Cove est plein de sorcières et de sorciers. Beaucoup de familles qui vivent ici ne savent rien de nous, mais beaucoup d'autres savent. Il fallait bien qu'un humain sans pouvoirs conçoive un plan aussi bancal. L'argent motive les gens à faire des choses stupides tout le temps.

— Si vrai. Je suppose que nous devrons voir comment ça se déroule.

Liam et Jacob flânèrent vers nous pendant que nous attendions que Nathan revienne après avoir escorté Clint dehors.

—Jacob, j'ai une question, dis-je.

Jacob baissa les yeux. Il était grand et imposant, et portait sa tenue typique de pantalon légèrement froissé avec un blazer et un pardessus. Ses cheveux argentés étaient coupés court, et il portait des lunettes qui lui donnaient un air intellectuel.

—Je suppose que tu te demandes quand je vais descendre à la

plage pour essayer de faire une autre lecture sur qui aurait pu jeter ce sort de dissimulation, dit-il avec un léger sourire.

Je hochai la tête. — Bien sûr.

— Je disais justement à Liam que j'y suis allé le lendemain de notre découverte du bateau, mais j'ai marché jusqu'à la plage depuis l'arrière de la maison de tes parents. C'est un peu plus accessible et aussi plus proche de l'endroit où le bateau s'est écrasé contre les rochers. Bien que je ne pense pas que j'apprendrais quelque chose de nouveau, je pourrais revenir et descendre de ton côté.

J'étais un peu contrariée qu'il ne m'ait pas prévenue, mais après tout, Jacob était surtout connu pour être discret tout en sachant tout sur tout. Oh, et aussi pour être un sorcier immensément puissant.

Je suis restée concentrée sur les questions pertinentes. — Eh bien ? As-tu appris quelque chose d'utile ?

Jacob resta silencieux quelques instants, puis hocha lentement la tête. — Rien de définitif. En fait, je ne peux identifier aucun des sorts lancés sur cette plage. Enfin, laisse-moi préciser. Je sais que le résultat était essentiellement un mécanisme de dissimulation, ce qui est extrêmement rare. Cela impliquait trois sorts différents lancés par trois personnes différentes. Cela me fait penser que les trois personnes dans le bateau étaient celles qui se sont dissimulées pour commencer. Pour ajouter à la confusion, l'une de ces trois personnes présentes n'était ni une sorcière ni un sorcier. J'avais des doutes à ce sujet et j'ai envisagé qu'il puisse avoir des pouvoirs. Mais ensuite, j'ai rencontré ton père au poste de police. Il n'a absolument aucun doute sur le fait que Clint n'a aucun pouvoir, expliqua-t-il, faisant référence à la capacité de mon père à détecter si quelqu'un avait des pouvoirs de quelque nature que ce soit. C'était pratique dans des moments comme celui-ci. — Même si nous supposons que les deux personnes qui ont des pouvoirs étaient impliquées dans le lancement du sort qui les a dissimulées, il nous manque toujours la troisième personne qui a lancé un sort. La seule raison pour laquelle j'ai attendu pour venir au phare était parce que tant de personnes entraient et sortaient pour le vérifier que je ne voulais pas être confus à cause de toute cette agitation. Les traces de sorts, surtout les puissants, durent des semaines et des semaines.

À ce moment, Nathan atteignit le haut des escaliers et entra à nouveau dans la pièce. — La voie est libre, dit-il avec un petit rire. J'ai attendu que Clint s'en aille en voiture et j'ai fermé à clé en bas. J'ai même lancé un sort de protection sur la porte au cas où il essaierait de revenir. Je ne sais pas ce qui ne va pas avec lui, mais je ne lui fais pas confiance.

Liam murmura : — Toi et moi pareil.

— Magie mise à part, je ne pense pas que nous devrions faire affaire avec eux. Mais c'est une autre question, et nous nous en occuperons plus tard, dit fermement Lea. Elle leva les yeux vers Jacob, l'amour de sa vie et l'homme qui l'adorait.

Si leur mariage était un modèle à suivre, le sort vieux de plusieurs siècles qui les avait désignés comme couple destiné pour leur génération avait non seulement maintenu la paix entre les Wickeds et les Goods, mais leur avait également offert un mariage aimant. Si la chance tenait, Liam et moi devrions avoir un bon mariage. Sans jeu de mots. Bien que les sorcières et les sorciers aient tendance à avoir des mariages passionnés, mes propres parents étaient encore fous l'un de l'autre.

Au regard significatif de Lea, Jacob hocha la tête et quelque chose passa entre eux avant qu'il ne se détourne et s'approche de l'immense lumière face à l'océan.

Le reste d'entre nous sommes restés où nous étions et avons attendu. Jacob se tenait derrière la lumière, les yeux fermés, et secoua ses mains. Il resta immobile pendant plusieurs longs moments, puis finit par lever les mains. L'air dans la pièce semblait électrifié, le plus petit indice d'un bourdonnement commençant à se faire entendre.

Il ouvrit les yeux au même moment où il baissa les mains. Le bourdonnement se dissipa, bien que la pièce semblât plus chaude après ce qu'il avait fait pour lire les traces laissées.

Se retournant vers nous, Jacob glissa une main dans sa poche et ajusta ses lunettes avec l'autre. — Eh bien, celui qui a lancé ce sort ne l'a pas fait seul. Encore une fois, je détecte trois traces de sorts ici. C'est à peu près ce qu'il faudrait pour briser le sort qui a été lancé pour faire fonctionner ce phare pendant si longtemps. Si j'ai l'air perplexe, c'est parce qu'une partie n'est pas claire pour moi. Je crois que deux des personnes qui ont lancé les sorts étaient apparentées, c'est pourquoi il m'est difficile de les distinguer. Je suis assez certain qu'elles sont entrées par effraction ici pour le faire. La magie est trop proche ; elle n'est pas du tout distante. Ce n'est pas non plus une magie familière de Charm Cove.

Tante Lea croisa mon regard. — Béatrice a raison. C'est un travail venu d'ailleurs.

CHAPITRE DIX

Plus tard cette nuit-là, j'ai posé ma tête contre l'épaule de Liam. Nous étions sur le canapé, et je m'étais enveloppée dans un plaid car il faisait frisquet quand nous sommes rentrés. Après que Liam ait allumé un feu, nous nous sommes blottis sur le canapé pour regarder la télévision.

Mon objectif était de mettre mon cerveau en veille, mais je n'arrivais pas à arrêter de penser. Trop fatigués pour cuisiner, nous avions acheté une pizza en rentrant et l'avions mangée dans la cuisine avant de nous traîner jusqu'ici.

— Je croyais que tu ne voulais plus réfléchir, murmura Liam, sa voix rauque me faisant légèrement frissonner.

On pourrait croire qu'ayant connu Liam toute ma vie, il n'aurait pas un tel effet sur moi. Pas de chance. Ou peut-être devrais-je m'estimer chanceuse, puisque j'étais destinée à l'épouser, faute de quoi le sort de deux puissantes familles de sorcières pourrait retomber dans le conflit.

J'avais du mal à croire qu'un mariage à chaque génération entre les vastes familles Good et Wicked était vraiment nécessaire pour maintenir la paix. Pourtant, un regard sur l'histoire pour voir combien les choses avaient été terribles autrefois était révélateur.

Il me suffisait d'observer les personnalités fortes qui dominaient le monde des sorcières. Je ne savais pas comment le sort
maintenait la paix entre nos familles, mais il semblait fonctionner. Le simple fait d'imaginer Opal Good opposant ses pouvoirs
à mon père suffisait à m'inquiéter.

Je me suis légèrement redressée pour regarder Liam. — Tu as
raison. Je n'arrive pas à arrêter de penser. Je suppose que je suis
soulagée que plusieurs sorts aient été utilisés à la fois sur la plage
et à Beacon's Charm parce que ça a du sens. Mais ça m'inquiète
quand même. Bien que nous puissions soupçonner Clint, il n'a
aucun pouvoir magique. Donc soit il est manipulé par quelqu'un
à son insu, soit autre chose se passe. Je n'arrive simplement pas à
comprendre l'objectif de briser le sort sur le phare et l'épave sur
la rive. Et puis, pourquoi Jacob ne nous a-t-il pas dit quand il est
allé à la plage ?

Liam a esquissé un léger sourire. — Je savais que ça t'embêterait, mais tu connais Jacob. Il n'a jamais été du genre à tenir tout
le monde informé. Et il aime aussi réfléchir pendant des heures.

Je me suis penchée pour attraper mon verre de vin sur la
table basse et en prendre une bonne gorgée. — Je suppose
qu'une chose qui m'empêchera de m'inquiéter est la quantité
de choses que j'ai à faire dans les prochaines semaines. Le
Festival du Charme approche rapidement, et nous avons une
tonne de choses à faire. Tu es sûr que ça ne te dérange pas
d'aider ?

Le sourire de Liam s'est élargi, et il a haussé les épaules. — Le
travail ne me dérange pas. Et puis, je suis à peu près sûr que tout
le monde tomberait raide mort si nous n'aidions pas. Ce sera
amusant. Tu n'as qu'à me dire quoi faire.

Alors qu'il soutenait mon regard, ses yeux se sont assombris,
le bleu glacé se réchauffant.

— Donc je peux simplement te dire quoi faire ? ai-je taquiné.

— Quand tu veux.

— Embrasse-moi alors.

Prouvant son point, il s'est exécuté.

———

Le lendemain matin, nous savourions notre café pendant que Ghost faisait la sieste dans un rayon de soleil qui traversait le comptoir de la cuisine. Liam se caressait distraitement le menton. Nous étions assis tranquillement quand Liam a pris la parole. — J'ai une idée.

— Quoi donc ?

— Eh bien, je sais que ni l'un ni l'autre n'apprécions la pression qu'on nous met. Quand Tante Opal m'a donné ces bagues, j'ai réalisé que, qu'on le veuille ou non, notre destin fait l'objet de discussions. Si nous nous fiançons, cela pourrait faire taire tout le monde pendant un petit moment.

Parfois, j'avais l'impression que Liam pouvait réellement lire dans mes pensées. Ce qui, je dois l'admettre, était un peu déconcertant. J'avais passé ma vie à cheval entre le monde surnaturel et le monde dit normal, donc j'étais assez à l'aise avec les pouvoirs surnaturels. Pourtant, même ainsi, toute cette histoire de destin, de fatalité et compagnie pouvait être un peu trop dramatique.

Et puis Liam qui lisait occasionnellement dans mes pensées.

Un rire surpris m'a échappé alors que je le regardais, secouant lentement la tête. — Je pense que c'est une idée brillante.

Ses lèvres se sont incurvées en un lent sourire, provoquant immédiatement des papillons qui tournaient en cercle dans mon ventre. J'avais souvent l'impression d'être à moitié folle quand il s'agissait de Liam. J'avais travaillé si dur pendant un moment pour me convaincre que notre *destin* était insensé et pour l'oublier. D'une certaine façon, cela n'avait fait que le rendre encore plus puissant à la fin. Ou peut-être au début.

— Alors c'est ça ? C'est ta façon de me demander en mariage ?

Il a rejeté la tête en arrière avec un rire chaleureux. Quand il a de nouveau croisé mon regard, il a lentement secoué la tête. — Oh, non. Je voulais juste ton accord d'abord.

Son regard est devenu plus grave tandis que l'anxiété tourbillonnait dans ma poitrine. Je savais peut-être ce que je voulais, mais cela ne voulait pas dire que c'était facile. En fait, le poids de tout cela était parfois écrasant.

— Moira, j'ai appris deux choses très importantes pendant ton absence. J'étais idiot de penser que je pourrais être avec quelqu'un d'autre que toi, et c'était tellement évident, si vite, que c'était brutal. Aussi, j'ai appris que nous devons avancer à notre propre rythme. Peut-être que si nous avions fait cela dès le début, nous aurions suivi un chemin plus direct l'un vers l'autre. De plus, j'ai quand même quelques fibres romantiques. Je ne voulais pas te prendre au dépourvu, cependant.

J'avais soudainement envie de tout savoir. Y compris précisément quand il prévoyait de me demander en mariage pour que je puisse m'assurer de porter quelque chose de bien. Je n'étais pas trop vaniteuse, mais un peu quand même.

Continuant son impression parfaite de lire dans mes pensées, il a dit: — Tu devras attendre et voir pour le reste. Mais au moins ma question ne sera pas une surprise.

L'émotion a monté en moi, et j'ai dû prendre une profonde respiration pour y faire face. — D'accord. Assure-toi que ce soit bien. Je te tiendrai à ça, ai-je réussi à dire avec un petit rire.

Liam s'est penché par-dessus le comptoir, capturant mes lèvres dans un baiser brûlant, laissant mes joues rouges et mes lèvres picotantes quand il s'est reculé.

CHAPITRE ONZE

J'ai passé la matinée à envoyer des e-mails à tous ceux impliqués dans l'organisation du Festival du Charme. Bien sûr, j'ai fait cela tout en m'occupant des clients de Potions & Cadeaux Raffinés, alors que les bracelets à breloques, les remèdes à base de plantes, les décorations de Noël et bien d'autres articles s'envolaient des rayons. J'ai ressenti un immense soulagement quand Celia et Delia sont arrivées en début d'après-midi après l'école pour m'aider.

Elles étaient très efficaces avec les clients et toujours de bonne humeur. Je suis restée au comptoir principal pendant qu'elles circulaient à l'avant, bavardant avec les clients. Une fois que j'ai terminé d'envoyer des e-mails à tous les membres du comité d'organisation et que toutes les tâches ont été attribuées, j'ai concentré mon attention sur ma mission principale : gérer les candidatures pour la foire annuelle d'arts et d'artisanat pendant le Festival du Charme.

Les vendeurs sélectionnés pour les stands d'exposition très convoités gagnaient beaucoup d'argent et partageaient leurs bénéfices avec la ville. Tout l'argent collecté par la ville était versé au financement des écoles.

Immédiatement après le travail, je me suis rendue au lycée.

Charm Cove économisait pour construire un tout nouveau lycée avec gymnase. En attendant, j'avais besoin d'évaluer combien de stands nous pourrions installer dans l'auditorium. Les années précédentes, nous utilisions l'auditorium de l'école primaire, qui était plus petit, donc c'était la première année que le festival allait se tenir dans l'auditorium du lycée. La ville avait décidé que l'espace plus grand serait bénéfique puisque la foire d'arts et d'artisanat était si populaire.

Elsa Hanson, la concierge du lycée, m'a accueillie à l'entrée principale et m'a fait signe d'entrer. Je me suis dit qu'elle devait approcher les soixante-dix ans maintenant. Elle était déjà concierge au lycée il y a une bonne dizaine d'années quand j'y étudiais. Elle semblait intemporelle, avec un visage buriné mais bienveillant. Elle avait une lueur chaleureuse dans ses yeux bleus et une silhouette douce et ronde. Elle se déplaçait pratiquement à la vitesse de l'éclair, me dépassant avec sa serpillière.

— Moira !

J'ai jeté un coup d'œil par-dessus mon épaule pour voir Liam franchir la porte principale. Comme promis, il était venu me rejoindre ici. J'avais un terrible sens de l'espace, donc je savais que j'aurais besoin d'un meilleur regard.

Elsa nous a adressé un sourire tandis que Liam me rejoignait, prenant ma main dans la sienne. Elle a continué son chemin avec un signe de main, se dirigeant vers un couloir vide avec son chariot de produits d'entretien.

— Nathan nous rejoint aussi, a dit Liam en guise de salutation avant de se pencher pour déposer un baiser sur mes lèvres.

— Vraiment ? ai-je demandé, surprise.

Liam a ri tandis que nous commencions à marcher dans le couloir sombre.

— Oh, oui. Je t'ai dit qu'il en pince pour Sarah Bishop ? Il espère l'impressionner. Je crois qu'elle est impliquée dans l'organisation.

Il s'est arrêté, me regardant pour confirmation.

— Tout à fait. Sa tante s'occupe de toutes les tombolas, et

elles aident aussi à organiser les défilés. Je n'arrive pas à croire que Nathan essaie de l'impressionner en nous aidant, ai-je dit, sans même essayer de cacher mon gloussement.

Liam a pouffé.

— Quoi qu'il en soit, il sera là dans quelques minutes, mais allons jeter un coup d'œil.

C'était étrange d'être dans ce lycée que Liam et moi avions fréquenté quand j'étais jeune, insouciante et pleine d'entrain. À l'époque où l'idée du destin semblait légère et amusante. Le bâtiment suscitait une vague d'émotions et de souvenirs. En passant devant les rangées de casiers en route vers l'auditorium, le silence résonnait autour de nous. J'ai repéré mon ancien casier et me suis souvenue d'y attendre Liam entre les cours. Les lieux comme celui-ci semblaient toujours étranges quand personne n'y était. J'imaginais que pendant la journée, les couloirs étaient remplis de voix et de rires entre les cours, sans oublier les derniers drames adolescents qui circulaient au gré des commérages.

Les lumières étaient tamisées dans le couloir, mais elles étaient allumées dans l'auditorium. Elsa m'avait assuré qu'elle les laisserait allumées pour nous. Elle serait là encore une heure, mais ensuite elle devrait fermer.

Tandis que nous poussions les grandes portes battantes, j'ai regardé Liam.

— Nous avons une heure. J'espère que tu as un meilleur sens de l'espace que moi. Aurions-nous dû apporter un mètre ruban ? Selon ma mère, il n'y a jamais eu autre chose que des événements scolaires qui se sont tenus ici.

Lâchant ma main, Liam a fait un tour sur lui-même tandis que son regard parcourait le grand auditorium. Sa voix a résonné quand il a parlé.

— Eh bien, les gradins seront repoussés, et les paniers de basket seront également rangés.

Il a scruté l'espace, et je pouvais mentalement le voir compter.

— Je dirais vingt stands de chaque côté et dix au milieu, ce qui nous donne de l'espace pour cinquante.

— Salut vous deux, a lancé Nathan derrière nous.

Nous nous sommes retournés vers lui. Liam a immédiatement affiché un large sourire.

— On a déjà terminé, mais tu peux dire à Sarah que tu as aidé, a-t-il dit en riant.

Nathan nous a rejoints, levant les yeux au ciel et m'adressant un sourire penaud.

J'ai haussé les épaules, réprimant mon sourire.

— Ce n'est pas grave. Liam m'a dit que tu en pinçais pour Sarah, mais maintenant tu es coincé à nous aider pour toujours. Il n'y a pas de retour en arrière après ça.

Nathan a simplement haussé les épaules.

— Oh, de toute façon ma mère me tannait déjà cette année. Elle disait qu'il était temps. Enfin bref, avez-vous vraiment déjà fini ?

— Je dois juste examiner l'entrée à l'arrière. Je suis chargée d'envoyer des instructions à tous ceux que nous approuvons pour la foire. Comme beaucoup d'entre eux viennent de l'extérieur, je vais envoyer un e-mail avec les indications sur où se garer et comment apporter leurs affaires.

Liam et Nathan m'ont obligeamment accompagnée à l'arrière pendant que nous regardions autour de nous. Après avoir vérifié l'entrée arrière depuis le parking, je les ai regardés.

— D'accord, je pense que nous avons terminé. De quoi parliez-vous ?

Ils ont interrompu leur conversation en me regardant, Nathan prenant la parole.

— J'expliquais juste que les Gardes-côtes sont repassés aujourd'hui. Tu sais, avec le phare qui fonctionne parfaitement bien toutes ces années, j'ai rarement eu à parler à ces gens. Ils viennent une fois par an pour leurs inspections et rien d'autre. Ils ne sont pas très contents du retard pour réparer le câblage, mais j'ai l'impression qu'on est coincés. Ils proposent d'envoyer un électricien d'urgence de Brunswick pour le faire la semaine prochaine. Un type avec qui les Gardes-côtes ont un contrat. Je ne sais pas trop quoi en penser.

Je me suis approchée d'eux, croisant les bras.

— Je pense que tu devrais leur rappeler que nos familles possèdent le bâtiment, donc c'est notre décision. Ma mère m'a expliqué ce qui s'est passé quand le gouvernement a essayé de l'acheter, mais nous avons déjà mis en place la protection de la propriété. Dans l'état actuel des choses, ils font une bonne affaire, vu que nous couvrons tous les frais. Je pense que tu dois insister là-dessus.

Nathan a soupiré.

— Je te jure, j'ai déjà dit tout ça. Je pense que tante Lea doit leur parler.

Liam a ri.

— Oh, parce qu'elle est plus autoritaire que toi ? Fais attention, elle va leur jeter un foutu sort si elle devient trop grincheuse.

Nathan a ri et haussé les épaules.

— Je pense que je suis trop accommodant, mec. Je veux juste que ce soit résolu. Faire fonctionner le phare par magie rendait le travail vraiment facile. En plus, le type des Gardes-côtes me donne la chair de poule. Il est sacrément insistant.

— Comment s'appelle-t-il ? ai-je demandé.

— Daryl quelque chose. Je ne me souviens pas de son nom de famille, mais il n'est pas d'ici. Il dit qu'il vient du Sud, mais il est en poste ici depuis quelques années. Honnêtement, je ne pense pas l'avoir rencontré lors de leurs inspections.

Liam a arqué un sourcil, balançant distraitement sa botte d'avant en arrière sur le sol.

— Eh bien, ce n'est pas comme si tu pouvais l'ignorer. Réponds-lui exactement ce que Moira a souligné. Lea est autoritaire comme pas possible, tu sais qu'elle viendra lui faire vivre un enfer si tu le lui demandes.

Nathan a lentement secoué la tête.

— C'est juste. Toute cette affaire me semble bizarre. J'aimerais vraiment savoir qui m'a assommé et enfermé dans ce placard.

— On aimerait tous savoir, ai-je répondu.

Jetant un œil à ma montre, j'ai relevé les yeux vers Liam.

— Je dois rentrer. Ghost va bientôt s'attendre à dîner.

Nathan a haussé un sourcil, l'air perplexe.

— Tu nourris un fantôme ?

J'ai rejeté la tête en arrière en riant.

— Non, je ne nourris pas un fantôme. Ghost est mon chat.

Liam a attrapé ma main dans la sienne, faisant un clin d'œil et adressant un grand sourire à Nathan.

— Ouais. Elle gâte ce chat pourri. Ce n'est pas suffisant qu'il ait des croquettes à disposition. Il reçoit aussi de la pâtée spéciale le matin et le soir.

J'ai donné un petit coup de coude à Liam tandis que nous nous tournions tous les trois et traversions l'auditorium, nos pas résonnant sur le parquet. Liam a éteint les lumières, puis nous sommes sortis, rencontrant Elsa à l'entrée principale. Elle avait terminé plus tôt et nous attendait pour fermer.

— Alors, a-t-elle dit sur un ton de conversation à Nathan tandis que nous sortions par l'avant, j'ai entendu dire que vous cherchiez un nouvel électricien pour s'occuper de ce travail au phare.

J'ai brièvement croisé le regard de Nathan, puis j'ai regardé Liam. J'ai supposé qu'ils se demandaient la même chose. Comment diable savait-elle qu'ils cherchaient un nouvel électricien pour ce travail ?

— Où avez-vous entendu ça ? a demandé Nathan en retour.

Elsa a verrouillé les lourds verrous de l'entrée principale du lycée et a tapé quelque chose sur le panneau de sécurité à l'extérieur du bâtiment avant de répondre.

— Oh, mon mari fait des petits boulots. Un des gars qui était censé faire la majorité du travail sur le phare a démissionné sans préavis pour cet entrepreneur. Donc maintenant ils se démènent pour trouver quelqu'un d'autre, a-t-elle expliqué.

Tiens, tiens, tiens.

— Qui était-ce ? ai-je demandé, allant droit au but.

— Clint Owen, a répondu Elsa facilement, semblant ne pas remarquer ma curiosité.

Nathan a réussi à donner une réponse plutôt anodine, puis nous avons dit au revoir et sommes partis. Dès que Liam et moi étions dans la voiture avec les portières fermées, je l'ai regardé.

— Qu'est-ce que c'est que cette histoire ?

CHAPITRE DOUZE

Le jour suivant, ma boîte mail débordait de candidatures pour la Foire d'Arts et d'Artisanat de Charme. J'avais découvert tardivement que tous les convives de l'autre soir m'avaient laissé me porter volontaire pour cette tâche car cela leur évitait de trier quelques centaines d'emails. Nous ne pouvions accepter que cinquante exposants, j'avais donc du pain sur la planche pour faire le tri.

Peu importe, je comptais continuer à les examiner tout en restant derrière le comptoir de la boutique. La neige tombait légèrement, et le parfum du cidre chaud aux épices emplissait la boutique. Dans quelques jours, ce serait Thanksgiving. Chaque année sans faute, probablement depuis la fondation de Persnickety Potions & Gifts il y a quelques siècles, nous commencions à servir du cidre chaud aux épices et des cookies à la mélasse et au gingembre la semaine de Thanksgiving jusqu'au Jour de l'An.

J'avais déjà assez de courbes comme ça, alors je devais me limiter à quelques cookies par jour. Les cookies à la mélasse et au gingembre de ma mère étaient l'un de mes péchés mignons.

Les clients maintenaient la boutique bien occupée, donc je n'avais pas beaucoup de temps pour méditer sur les raisons pour lesquelles Clint avait démissionné du jour au lendemain. Quelque chose me disait que cette pièce du puzzle s'intégrait dans le tableau plus large de ce qui se passait au phare.

Vers midi, Abby Proctor est entrée. Après tout le remue-ménage concernant les cambriolages et l'arrestation et l'inculpation de son cousin, Abby avait finalement emménagé dans la résidence d'été dont elle avait hérité de sa tante près du phare. Elle passait occasionnellement dire bonjour et semblait se faire progressivement des amis en ville. Bien que Charm Cove soit une petite ville accueillante, les habitants avaient tendance à regarder les nouveaux venus avec méfiance, se demandant qui réussirait à passer l'hiver. Il y avait aussi la réalité que des sorcières et des sorciers dirigeaient cette ville, ce qui ajoutait une couche supplémentaire de scepticisme envers les nouveaux arrivants.

Des rumeurs circulaient sous la surface parmi les familles de sorciers quant à savoir si elle possédait réellement des pouvoirs. Étant donné que mon père avait justement le don de sentir si quelqu'un avait des pouvoirs, j'avais un peu plus d'informations que les autres. Bien qu'Abby descende de sorcières, son pouvoir était si faible qu'il était presque indétectable. Ma famille supposait que les sorcières de sa famille avaient cessé de pratiquer depuis des générations, affaiblissant ainsi considérablement leur pouvoir. Contrairement à son cousin, Abby ne semblait pas avoir d'intérêt à récupérer le pouvoir de sa famille.

Les yeux bleus d'Abby s'illuminèrent quand elle me vit derrière le comptoir. Ses joues étaient roses à cause du froid, et elle secoua quelques flocons de neige de son bonnet en l'enlevant.

— On dirait que la neige nous taquine depuis des jours. J'ai enfin l'impression qu'on va avoir plus qu'une simple poudreuse, dit-elle en guise de salutation.

— Je sais. On est vraiment dus pour une vraie tempête de neige. J'imagine qu'on en aura une bientôt. Alors, comment vas-tu ?

Abby sourit un peu timidement.

— Je vais bien. Je meuble progressivement cette grande vieille maison. Il y a tellement d'espace que je ne sais pas vraiment quoi en faire.

— J'imagine. Ces vieilles maisons sont certainement énormes. À moins d'avoir besoin de tout cet espace, certaines personnes louent des parties de ces maisons pendant l'été. Tu pourrais certainement gagner pas mal d'argent en faisant ça.

Abby hocha la tête.

— J'envisage de le faire l'été prochain. J'ai tellement de travail à faire, cependant, pour remettre la maison à niveau. Elle était un peu figée dans le temps.

Je me mordis la langue quand je réalisai que j'étais sur le point d'être d'accord avec elle. Malgré notre relation amicale, elle ne savait pas que je m'étais téléportée chez elle quelques mois auparavant, lorsque nous la suspections lors de la série de cambriolages.

— J'imagine, répondis-je avec neutralité.

— La plomberie, l'électricité, les fenêtres, le chauffage... enfin, tout a besoin d'être mis à jour, et je m'y attaquerai petit à petit. Je suis venue acheter quelques cadeaux, mais j'ai entendu parler de ce qui s'est passé au phare, et je pensais mentionner quelque chose.

Au moment où elle a dit cela, je me suis souvenue que sa maison se trouvait juste au-delà du phare, sur la même route.

— Ah bon ? Quoi donc ?

— Eh bien, la veille de tout ce qui s'est passé, deux hommes sont passés chez moi pour demander où habitait le gardien du phare. Je n'y ai pas prêté attention car le phare Beacon's Charm est un monument. Beaucoup de gens passent devant et le photographient tout le temps. Quoi qu'il en soit, il s'est avéré que c'était la veille de mon départ pour Boston où je suis allée rendre visite à ma mère pendant quelques jours. Je n'ai rien entendu sur ce qui s'est passé avant mon retour l'autre jour, mais j'ai pensé que je devrais quand même le mentionner. Je suppose que tu vas me dire d'aller parler à Daniel, mais je voulais commencer par toi, expliqua-t-elle.

— C'est certainement intéressant. Est-ce que tu sais quelque chose sur qui ils étaient ?

— Pas grand-chose. Leur plaque d'immatriculation était du Massachusetts, mais ce n'est rien d'inhabituel. N'importe quel jour, je vois beaucoup de ces plaques passer en ville. Ils avaient tous les deux les cheveux foncés, mais je ne me souviens pas de la couleur de leurs yeux. Je ne pensais pas à leur plaque d'immatriculation à ce moment-là. Mais à cause de tous les cambriolages de l'automne dernier, j'ai fait installer une caméra de sécurité sur le garage qui surveille l'allée. J'ai une photo fixe où l'on peut voir le numéro de la plaque d'immatriculation. Je n'y avais même pas pensé jusqu'à ce que je revienne de voyage et que j'entende ce qui s'était passé.

J'ai fait de mon mieux pour cacher mon excitation. Peut-être qu'on avait *enfin* une piste solide. Jusqu'à présent, ce n'avait été qu'une spéculation après l'autre.

CHAPITRE TREIZE

Le soir même, j'ai réussi à fermer la boutique en un temps record et à retrouver Daniel au poste de police avec Abby. Elle lui a montré les images de sa caméra de surveillance, et il a vérifié la plaque d'immatriculation. Pour une fois, il n'avait pas été mystérieux avec les informations et m'avait simplement donné le nom.

Une fois rentrée, Liam et moi avons dîné, et je l'ai informé des événements et de mon plan tandis que j'étais assise en face de lui au comptoir de la cuisine dans ma dépendance. Il sirotait une bière pendant que je terminais un verre de vin.

Ghost, ignorant comme d'habitude toute notion de convenances, faisait la sieste sur le comptoir de la cuisine, parfaitement content. Dehors, il neigeait et le vent soufflait. À ce rythme, nous aurions un Thanksgiving blanc. Nous y étions dans deux jours.

Liam m'a regardée, son regard bleu préoccupé.

— Je ne suis pas sûr que ce soit une si bonne idée, a-t-il suggéré.

— Eh bien, je ne prétends pas que c'est une bonne idée. Mais c'est probablement notre meilleure chance d'obtenir des informations. Jusqu'à présent, nous avons navigué à l'aveugle. Maintenant, nous savons que cette plaque d'immatriculation appartient à Samuel Parker à Salem. Ce n'est pas rien. C'est une vraie piste.

Liam a souri d'un air ironique puis a repris une gorgée de bière.

— Écoute, la seule façon dont tu vas me convaincre d'accepter ça, c'est si on y va en voiture. Tu ne feras pas ça toute seule.

— D'accord. Ça me convient parfaitement, ai-je répondu, faisant de mon mieux pour ne pas avoir l'air trop excitée.

J'avais proposé d'utiliser l'un de mes pouvoirs les plus pratiques : la capacité de me téléporter d'un endroit à un autre. Ce n'était pas quelque chose que je faisais très souvent, et je ne parcourais généralement que de courtes distances parce que j'avais plus de contrôle.

Avec cet unique indice issu du travail d'enquête d'Abby et de Daniel, nous avions découvert à qui appartenait la plaque d'immatriculation et où ils vivaient. Selon les registres fonciers que Daniel avait consultés, l'adresse correspondant à la plaque était vacante.

Je soupçonnais qu'elle n'était pas vacante, mais il n'y avait qu'une façon de le savoir.

Liam a fini sa bière, puis s'est levé et a fait le tour du comptoir. Il s'est arrêté près de l'évier pour rincer la bouteille et la jeter dans la poubelle de recyclage sous le comptoir. En se retournant, il s'est appuyé contre le comptoir. J'ai pivoté sur mon tabouret pour lui faire face.

Il m'a simplement regardée pendant quelques secondes, ce qui a envoyé un frisson de chaleur dans mes veines et fait battre mon cœur contre mes côtes. Liam avait toujours eu une certaine intensité. J'avais d'une façon ou d'une autre repoussé le souvenir de ce que c'était d'être avec lui pendant que nous étions séparés.

Après un moment, il a parlé.

— Nous irons en voiture le lendemain de Thanksgiving. Si le temps le permet, bien sûr. Je serai juste là. Je n'insisterai pas pour rester devant la maison, mais je dois être assez proche pour pouvoir aider si quelque chose tourne mal. Nous savons qu'il s'agit d'une famille de sorciers, et nous n'avons aucune idée de l'étendue de leurs pouvoirs.

— Ça me semble être un bon plan. Alors qui d'autre penses-tu que nous devons mettre au courant ?

Ses lèvres se sont retroussées en un léger sourire.

— Tous ceux qui voudraient savoir, ce qui signifie essentiellement toute ma famille et la tienne. Nous avons besoin que ma mère fasse un peu de reconnaissance pour nous. Je suis sûr qu'elle peut nous en dire plus sur la famille qui possède la maison. Autant en discuter à Thanksgiving. Nous serons tous ensemble de toute façon.

— Promets-moi que ce sera juste toi et moi. Je ne veux pas que le monde entier descende avec nous, ai-je ajouté.

Liam a haussé les épaules.

— Ça ne fera pas de mal si j'ai de la compagnie pendant que j'attends. Déterminons ça à Thanksgiving, a-t-il dit en se détachant du comptoir et en se plaçant entre mes genoux en une enjambée.

Il a tendu la main vers le verre de vin que je tenais. Je l'ai lâché tandis que ses doigts effleuraient les miens quand il l'a retiré de ma prise et l'a posé sur le comptoir. Puis sa main s'est glissée dans mes cheveux, et ses lèvres ont rencontré les miennes.

CHAPITRE QUATORZE

J'ai secoué la neige de mes bottes en franchissant le seuil de la maison de mes parents. Le bourdonnement des voix flottait dans le couloir jusqu'à l'entrée. Je portais un panier de pain fraîchement cuit et une tarte à la citrouille que j'avais préparée la veille. Liam était juste derrière moi, fermant la porte avec son pied. Il avait les bras chargés de pâtisseries que ma tante Penelope lui avait remises dans l'allée.

En un rien de temps, nous nous sommes retrouvés dans la cuisine bondée où un mélange hétéroclite de membres de la famille et d'amis était rassemblé. Nous allions manger dans la salle à manger formelle même si rien n'était formel à propos de Thanksgiving, du moins pas dans ma famille. Mes parents, ma cousine Emma, Lea et Jacob, et les jumeaux étaient tous là, avec Penelope. S'ajoutaient à ce groupe les parents de Liam, ainsi qu'Opal et Theo. À la dernière minute, mon frère aîné, Gabriel, était arrivé. Nous avions l'assurance que mes trois autres frères seraient là pour Noël. Quelques autres personnes s'étaient jointes à nous, notamment Beatrice Powers et l'une de ses chères amies, une autre vieille sorcière, Eva Ouellette.

C'était bondé et joyeux. Nous étions bien avancés dans la dégustation du dessert, qui consistait en tartes, gâteaux et puddings que l'on se passait, quand Liam a évoqué mon idée de voyager à Salem et de me téléporter dans la maison liée à la plaque d'immatriculation.

Mon père n'a pas dit un mot, mais j'ai senti son regard sur moi. Je savais depuis mon adolescence qu'il s'inquiétait de ce pouvoir particulier qui était le mien. Chaque sorcier ou sorcière possède différents pouvoirs, et beaucoup sont communs, comme jeter des sorts de protection et autres. Pourtant, chacun d'entre nous possède individuellement certains pouvoirs qui lui sont propres. Par exemple, oncle Jacob pouvait détecter quand des sorts avaient été lancés et pouvait généralement identifier qui les avait jetés s'il disposait de suffisamment d'informations. Mon père avait la capacité de sentir quand les gens possédaient des pouvoirs surnaturels. Tante Lea pouvait contenir des choses, un pouvoir qui avait été transmis aux jumeaux.

Mon pouvoir spécial était la capacité de me téléporter. Je pouvais créer une fumée scintillante et disparaître dedans. C'était un peu comme glisser dans un tunnel. Si je savais où j'allais, je pouvais contrôler l'endroit où j'atterrissais.

Ma mère a parlé en premier, et je pouvais pratiquement voir les rouages tourner dans son cerveau tandis qu'elle essayait de freiner la vitesse de ses pensées.

— Ma chérie, je ne dis pas que ce n'est pas une bonne idée, mais tu dois être prudente. Alice, je me demande ce que tu as appris, a-t-elle dit, son regard passant à l'endroit où la mère de Liam était assise en angle face à elle.

— J'ai déjà fait quelques recherches sur la famille. Il y a plusieurs sorciers et sorcières puissants dans cette lignée, donc nous devons supposer qu'ils ont la capacité d'être très puissants.

J'ai senti le regard de Liam sur moi, mais je l'ai ignoré. C'était exactement le point qu'il avait soulevé lorsqu'il avait partagé son inquiétude à propos de mon projet. Je m'étais convaincue que tout irait bien. Mon pouvoir était tel que si je me téléportais dans un endroit qui n'était pas sûr, je pouvais tout aussi rapidement en sortir. Je ne voulais pas débattre de ce point, pas avec tous les regards de la pièce braqués sur moi et bon nombre d'entre eux étant puissants. C'était ça avec les sorcières et les sorciers, le pouvoir augmentait avec l'âge.

Beatrice m'a surprise quand elle a pris la parole.

— Moira peut prendre soin d'elle-même, et chacun d'entre vous le sait. Je suis certaine qu'elle ne descend pas là-bas toute seule.

Elle a fait une pause, son regard perçant se tournant vers moi. À mon hochement de tête, elle a continué :

— Comme je l'ai dit, elle ne sera pas seule. Elle peut certainement s'échapper rapidement si c'est dangereux. Je pense que ça vaut la peine d'essayer.

J'ai souri à Beatrice, et elle m'a fait un clin d'œil en retour. Ma mère a soupiré, posant sa fourchette sur la table.

— D'accord. Alors tu y vas avec elle, Liam ? a-t-elle demandé, fixant son regard sur lui.

CHAPITRE QUINZE

Quelques jours plus tard, nous avons pris la route vers Salem, dans le Massachusetts. J'étais déjà allée à Salem auparavant. Nous n'étions pas proches des familles de sorciers de la région, mais nous en connaissions quelques-unes. Enfant, j'avais été infiniment curieuse à propos de Salem et j'avais harcelé ma mère jusqu'à ce qu'elle m'y emmène pour une excursion d'une journée.

La petite ville, autrefois théâtre de terreur et de mort pour les sorcières, était calme et recouverte de neige, avec un charmant centre-ville. Alors que nous passions en voiture près de la zone où certaines exécutions de sorcières avaient eu lieu, mon cœur fit un bond étrange et mon ventre se noua d'anxiété.

Que l'on soit sorcier ou non, l'histoire de cet endroit était triste et effrayante. Des gens avaient été exécutés pour des comportements présumés. Notre famille étant imprégnée d'histoire de sorcellerie, nous savions parfaitement que certaines des personnes qui avaient péri non seulement n'étaient pas des sorcières, mais n'avaient également aucune connaissance de l'existence de véritables pouvoirs magiques. Malheureusement, comme c'est souvent le cas, essayer de défendre la décence face à une peur orchestrée était considéré comme un signe de culpabilité. Tout comme sur les réseaux sociaux aujourd'hui, les rumeurs s'étaient propagées comme un feu de broussailles à travers ce village, empoisonnant la sécurité de beaucoup.

Le GPS de la voiture nous annonça qu'il était temps de tourner dans la rue. Liam tourna, et mon frère Gabriel prit la parole depuis la banquette arrière. « Vous savez, c'est un peu serré ici derrière. Je pense que pour le retour, je devrais être à l'avant. »

C'était une dispute sans fin entre mes frères et sœurs quand nous étions enfants. C'était agréable d'avoir Gabriel à la maison, et j'espérais qu'il avait prévu de rester. En me retournant, j'ai croisé son regard vert foncé et j'ai souri. « Peut-être. Mais c'est la voiture de Liam, tu sais. »

Me jetant un coup d'œil, Liam me fit un clin d'œil et lança un rire par-dessus son épaule. « Je dois rester dans les bonnes grâces de Moira, alors c'est elle qui décide. »

Gabriel se contenta de rire. Nous sommes passés devant la maison en question, et elle semblait vraiment inoccupée. Il n'y avait aucune voiture dans l'allée, et la cour était vide. La plupart des maisons voisines avaient des lumières et des décorations de Noël, mais cette maison était silencieuse et sombre. C'était une simple maison de style Cape Cod dans un petit quartier bien entretenu.

Après que Liam eut dépassé la maison, nous avons rapidement revu le plan dont nous avions discuté pendant le trajet depuis Charm Cove. Lui et Gabriel attendraient dans la voiture une rue plus loin. Je me téléporterais directement depuis la voiture.

Une fois que Liam fut garé, il me regarda. « Tu promets de revenir s'il y a le moindre danger. »

Je me suis penchée par-dessus la console entre les sièges et j'ai posé brièvement mes lèvres sur les siennes. « Je promets. Ne tardons pas. Laisse-moi faire. »

Liam et Gabriel sont restés silencieux pendant que je prenais une profonde inspiration et fermais les yeux, concentrant mon attention. En un instant, mon corps a commencé à vibrer, et cette sensation de vertige m'a envahie alors que l'énergie tournoyait en cercle quand j'ai ouvert les yeux.

Dans un éclair, je n'ai vu que des étincelles de lumière, de la fumée et des paillettes. L'instant d'après, je me tenais à l'étage supérieur de la petite maison devant laquelle nous venions de passer. Je ne sais pas pourquoi, mais chaque fois que j'atterrissais dans des endroits où je n'étais jamais allée, je me retrouvais toujours à l'étage supérieur s'il y en avait un.

Par chance, j'avais atterri dans une pièce complètement vide. J'ai pris une profonde inspiration, j'ai repris mes esprits, puis j'ai regardé autour de moi. Je supposais être dans l'une des deux chambres à l'étage, d'après ce que j'avais vu de l'extérieur de la maison.

Si vous viviez en Nouvelle-Angleterre, il y avait de fortes chances que vous soyez déjà entré dans une maison originale de style Cape Cod. Les agencements étaient si similaires que c'était plus surprenant quand ce n'était pas exactement ce à quoi vous vous attendiez. Cette maison semblait correspondre à mes attentes. Après avoir écouté sans rien entendre, je suis sortie doucement de la pièce, arrivant sur un palier entre les deux chambres de l'étage. Il y avait une salle de bain juste en face de l'endroit où l'escalier rencontrait le sol de l'étage, puis une autre chambre directement en face de celle où j'avais atterri.

Cette chambre n'était pas vide. Elle semblait habitée avec un lit queen-size aux draps froissés, des livres empilés sur la table de chevet et une télévision sur la commode contre le mur opposé.

J'ai pensé profiter de l'occasion pour voir si je pouvais y trouver quelque chose. En m'approchant sur la pointe des pieds, j'ai scruté la pièce, mes yeux attirés par la pile désordonnée de livres près du lit. Tout en bas se trouvait un livre de sorts. Je l'ai sorti doucement, le feuilletant sans rien trouver d'inhabituel. C'était un grimoire assez standard. N'y voyant aucune information d'identification, je l'ai remis dans la pile de livres.

Après un autre rapide coup d'œil, je suis descendue sur la pointe des pieds. Cette zone semblait également habitée, ce qui me surprenait, car l'extérieur de la maison donnait l'impression qu'elle était vide. Les stores étaient levés, mais les rideaux étaient tirés sur toutes les fenêtres, empêchant de voir à l'intérieur. Une fois de plus, je n'ai rien trouvé d'inhabituel. Alors que j'étais sur le point d'évaluer si je devais me téléporter à la voiture, j'ai entendu des voix qui approchaient depuis l'arrière de la maison.

Au lieu de monter les escaliers en marchant ou en courant, j'ai fait tourbillonner de la fumée et me suis téléportée directement là-haut. Une fois que j'étais déjà allée quelque part, il était facile d'y retourner. En me glissant dans le placard de la chambre vide, j'ai eu l'impression de répéter ce que j'avais fait quand je m'étais faufilée dans la maison d'Abby quelques mois auparavant.

Bien sûr, je n'avais jamais vu qui que ce soit vivant dans cette maison. À ma grande déception, je n'ai entendu personne entrer. Mais après avoir attendu, j'ai soupçonné que quelqu'un était entré dans la maison et s'était rendu invisible. Les sorts de dissimulation masquent les cinq sens : la vue, l'ouïe, l'odorat, le toucher et le goût. Cela signifiait que je ne pouvais pas entendre de pas ou de mouvement.

Bien que je ne puisse évidemment pas les voir parce que j'étais cachée dans un placard et que je soupçonnais qu'ils s'étaient dissimulés, je sentais leur présence.

Les inquiétudes de Liam et celles du reste de ma famille ont traversé mes pensées. Je n'avais aucun moyen de voir si quelqu'un était près de moi. J'étais commodément cachée dans le placard de la chambre vide, donc je supposais qu'ils devraient ouvrir la porte pour me trouver. À ma connaissance, un sort de dissimulation ne permettait pas à une personne de traverser les murs.

Brusquement, j'ai entendu du mouvement dans la pièce même où je me cachais − d'abord un ensemble de pas, puis un autre.

Oh, mince.

Je me suis rappelé que je pouvais m'échapper d'ici en une seconde. J'ai gardé une partie de ma concentration sur la magie en moi, et le reste de mon attention sur les sons à travers la fine porte du placard. Comme prévu, ce placard était minuscule, rien de plus qu'une petite boîte.

— Eh bien, dit une voix d'homme, quelqu'un était ici. Je crois qu'ils sont partis. Peux-tu sentir quelque chose ?

Une autre voix d'homme parla. — Je sens de la magie, mais c'est tout.

— Pour quelqu'un qui est censé être un puissant détecteur, répondit la première voix avec un léger rire.

L'autre homme rit en retour. — Je ne peux pas sentir si les gens ont de la magie. Je peux seulement sentir si des sorts ont été lancés. Pour ce faire, je dois avoir une sorte d'indice comme point de départ. En ce moment, tout ce que j'ai, c'est toi qui me dis que tu as un pressentiment. Sans vouloir t'offenser, ce n'est pas très utile.

Des pas traversèrent la pièce jusqu'à l'endroit où je devinais qu'ils regardaient par la fenêtre, d'après la direction du son. « Tu ne penses pas que quelqu'un nous a tracés jusqu'ici, n'est-ce pas ? »

« C'est peu probable. Mais nous avons pris un gros risque. Charm Cove abrite certains des sorciers et sorcières les plus puissants du monde. »

« Je sais, » marmonna le premier homme. « Normalement, je n'essaierais pas de m'en prendre à un prix comme le phare là-bas, mais ça valait la peine de voler cette magie. »

De la magie volée ?

J'ai failli haleter à voix haute, retenant mon souffle à la dernière seconde. Voler de la magie n'était *pas* facile. Quiconque avait choisi de faire cela était définitivement puissant. D'après ce commentaire, je supposais qu'ils n'avaient pas seulement brisé le sort au phare, mais qu'ils avaient volé la magie pour essayer de la lancer à nouveau.

Les sorts pouvaient être recréés par n'importe qui avec des pouvoirs. Mais les sorts les plus puissants étaient généralement spécifiques à une sorcière ou un sorcier. Ils pouvaient être transmis à travers les générations, appris et recréés, mais voler la magie qui venait à l'origine de quelqu'un d'autre était profondément désapprouvé dans le monde des sorciers.

Des pas se dirigèrent vers moi dans le placard. Autant j'aurais voulu rester là, autant je sentais que je poussais un peu trop loin, frôlant le risque de me faire prendre.

J'ai attendu pour voir si autre chose allait être dit, mais les hommes étaient silencieux. J'ai pris une profonde inspiration et fermé les yeux. Une fois que j'avais utilisé la magie, si je l'utilisais à nouveau peu après, c'était beaucoup plus facile à invoquer. Avec la magie qui tournoyait encore dans mon centre, je l'ai libérée.

Parfois, quand je lance ce sort, j'ai l'impression d'être un disque volant dans les airs. Sur les talons d'une profonde inspiration, la fumée pailletée a tourbillonné autour de moi juste au moment où la porte du placard s'ouvrait. Un homme grand aux cheveux gris et aux yeux sombres se tenait devant moi pendant à peine une seconde, sa bouche s'ouvrant de stupeur tandis qu'il me regardait disparaître juste sous ses yeux.

CHAPITRE SEIZE

Le soir même, j'étais appuyée contre l'épaule de Liam sur le canapé, écoutant Gabriel nous donner un résumé de sa vie depuis la dernière fois que je l'avais vu. Nous étions restés en contact par textos et appels occasionnels, et nous nous voyions lors des visites pendant les fêtes. Même pendant mon absence de Charm Cove, j'étais restée en contact avec toute ma famille et je leur rendais visite comme d'habitude. Je n'utilisais simplement pas la magie. Pendant ce temps, Gabriel avait vécu en Californie. C'était un as du codage informatique et travaillait comme expert-comptable judiciaire. En somme, il était très doué pour traquer les détails enfouis en ligne.

— Alors, c'est quoi ton plan exactement ? ai-je demandé.

Gabriel faisait tournoyer sa bouteille de bière vide entre ses doigts, la faisant rouler légèrement sur la table à côté du fauteuil où il était assis.

— Le plan, c'est de revenir vivre à Charm Cove. Je peux faire tout ce que je fais déjà depuis ici. J'ai les contacts, et de toute façon, tout mon travail se fait en ligne.

— Maman sera ravie, ai-je dit avec un sourire.

Gabriel a ri doucement, passant une main dans ses cheveux noirs et soyeux.

— Ça, c'est sûr. Mais je doute qu'elle soit aussi enchantée que lorsque tu es rentrée.

— C'est parce que le destin ne pèse pas sur tes épaules.

Gabriel a adressé un sourire malicieux à Liam.

— Très juste. Je me sens chanceux.

Son sourire s'est estompé tandis qu'il nous regardait tour à tour.

— Sérieusement, vous semblez vraiment heureux tous les deux. J'ai toujours espéré pour toi que ce mariage pratiquement arrangé se révélerait être une bonne chose.

Liam a ri doucement, ses doigts jouant avec les pointes de mes cheveux. Cette vieille part de moi, celle qui avait provoqué ma fuite de Charm Cove, s'est un peu rebellée intérieurement. J'avais envie de dire que c'était ridicule et de contester, mais la réalité était que je voulais être avec Liam. J'en étais infiniment soulagée.

— Nous sommes heureux, a confirmé Liam. Je suppose que c'est un sacré coup de chance, hein ?

Il m'a regardée du coin de l'œil avec un clin d'œil. Je l'ai poussé du coude.

— Je dirais que c'est de la chance.

— Tu vas rester, rester maintenant ? ai-je demandé à Gabriel, ramenant la conversation sur lui.

— Rester, rester ? a-t-il répété. Ça veut dire quelque chose de différent quand tu le dis deux fois ?

J'ai levé les yeux au ciel.

— Tu sais ce que je veux dire. Genre, rester pour de bon maintenant.

Gabriel a secoué la tête.

— Pas encore. Je serai là jusqu'à Noël. Je ne partirai pas avant la nouvelle année, mais je dois retourner en Californie pour régler quelques détails. Alors, vous pensez qu'on doit s'inquiéter de ce type ? a-t-il demandé, passant rapidement à un autre sujet.

Bien sûr, j'avais raconté à Liam et Gabriel ce qui s'était passé pendant ma brève incursion dans la maison de Salem dès que j'étais revenue dans la voiture. J'ai haussé les épaules, m'écartant de Liam pour attraper mon verre de vin sur la table basse.

— Je ne sais pas. Je veux dire, cet homme m'a vue maintenant, donc il y a ça. Mais je ne sais pas si c'est vraiment un problème, ou s'il a réellement eu le temps de bien me voir. J'étais déjà en train de partir quand il a ouvert la porte du placard. J'ai juste eu le temps de voir son visage, c'est à peu près tout.

— Tu pourrais l'identifier si tu le revoyais ? a demandé Gabriel.

— Oh, certainement. J'ai bien vu son visage. Par contre, je n'ai pas du tout pu voir l'autre homme qui était avec lui. Il faut qu'on parle à tout le monde. Je veux dire, s'ils peuvent voler de la magie, ils *sont* puissants.

Mon frère a rejeté sa tête en arrière en gémissant.

—Je sais.

J'avais appelé ma mère sur le chemin du retour pour lui faire un rapport, qui s'était probablement déjà répandu comme une traînée de poudre parmi nos familles. Nous n'étions pas rentrés avant tard, bien après vingt et une heures.

— Comme je l'ai dit, maman veut que je passe prendre un café demain matin avant d'aller à la boutique.

— Eh bien, je vais travailler un peu de magie en ligne et voir ce que je peux dénicher sur le seul nom qu'on a. Peut-être que je pourrai découvrir avec qui il travaille, a répondu Gabriel.

— Ce serait bien, a commenté Liam.

La conversation est passée à des sujets plus légers, et j'ai somnolé par moments, faisant la sieste contre l'épaule de Liam. Quand je me suis réveillée plus tard, il me portait dans les escaliers pour aller au lit.

— Je suis contente que Gabriel revienne, ai-je murmuré contre son épaule.

Son petit rire a vibré contre mon oreille.

— C'est une bonne chose, mais je suis bien plus heureux que ce soit toi qui sois rentrée.

Puis il m'a déposée sur le lit et a tiré les draps frais sur moi.

———

Le lendemain matin, nous nous sommes réveillés avec de la neige fraîche au sol. Le paysage avait l'air magique, couvert par la tempête de neige d'après Thanksgiving, et puis la neige d'hier soir lui donnait un aspect doux et duveteux jusqu'à l'océan, avant que le terrain ne descende derrière la falaise.

Ghost n'avait pas passé beaucoup de temps dehors ce matin. Après la grosse neige de la semaine dernière, il avait même renoncé à ses promenades le long de la falaise. En nous rendant au petit-déjeuner chez mes parents, Liam et moi avons marché dans la neige avec nos bottes. Je n'ai pas pu résister à l'envie de donner des coups de pied dans la neige légère, regardant les flocons tourbillonner dans l'air et scintiller au soleil.

Gabriel séjournait dans l'ancien cottage du jardinier pour cette visite. Bien que je l'aie entendu demander à Liam la veille, quand j'étais à moitié endormie, si Liam allait officiellement emménager avec moi. Gabriel possédait un bout de terrain adjacent à cette partie de la propriété de notre famille, mais il n'y avait rien dessus. Il avait expliqué son projet d'y construire quelque chose dans les prochaines années. En attendant, j'imaginais qu'il préférerait le cottage du gardien que Liam avait loué plutôt que celui du jardinier. Il était plus spacieux et modernisé. Si Liam avait dit son plan à Gabriel, je ne m'en souvenais pas. Il avait pratiquement emménagé chez moi de toute façon.

Liam tenait ma main gantée de moufles pendant que nous marchions, bien qu'il n'ait pas pris la peine de mettre des gants. Les conifères étaient saupoudrés de neige, l'air était vif et mordant, et le ciel était d'un bleu éclatant tandis que le soleil levant scintillait au sommet des arbres. La matinée semblait magique. Compte tenu des événements quelque peu stressants de la veille, je prenais cela comme un bon signe.

Ma mère avait préparé du café et faisait du pain perdu quand nous sommes arrivés. Avec notre héritage français familial, nous nous targuions d'être d'excellents cuisiniers. Le pain perdu de ma mère n'était pas un pain perdu ordinaire. Elle faisait elle-même le pain et préparait un mélange épicé de cardamome, de cannelle et de sucre qui était tout simplement divin.

Peu après, je grignotais un morceau de bacon tout en regardant Liam engloutir sa deuxième portion de pain perdu. Bien que j'étais certaine que mes parents étaient impatients d'entendre parler de notre voyage de la veille, surtout après mon rapport sur la magie volée, la nourriture avait la priorité. Ce n'est qu'après que Liam eut posé sa fourchette et pris une longue gorgée de café que mon père mit son journal de côté et regarda ma mère.

— Bon, ma chérie, c'est quoi cette histoire de magie volée ? a-t-elle demandé.

J'ai rapidement résumé ce que j'avais entendu, observant les yeux de ma mère s'écarquiller et ceux de mon père se plisser.

— Je suis *tellement* contente que tu sois sortie de là à temps. Merci d'avoir accepté d'emmener ton frère et Liam avec toi. Si tu avais dû voyager beaucoup plus loin, tu n'aurais peut-être pas pu partir aussi vite.

Elle faisait référence au fait que plus je tentais de me transporter loin avec le sort, plus il fallait de temps pour que le sort prenne effet. Elle avait tout à fait raison. Simplement parce que je savais que cela la satisfaisait que je le dise, je l'ai fait.

— Tu as absolument raison, Maman. Je suis contente qu'ils aient été avec moi.

J'ai senti le regard de Liam sur moi. Incapable de résister à l'envie de le regarder, j'ai failli éclater de rire en voyant la lueur malicieuse dans ses yeux. Il me connaissait bien et savait que je faisais plaisir à ma mère. Ça ne me dérangeait pas. Je l'aimais, et si ça la rendait heureuse que je lui dise qu'elle avait raison, je le ferais volontiers. Il y avait aussi le simple fait qu'elle avait raison, donc ça ne servait à rien de le nier.

Mon père est resté silencieux pendant quelques instants, prenant plusieurs gorgées de café avant de parler.

— Eh bien, une paire de sorciers qui ont assez de pouvoir

pour voler de la magie d'un sort vieux de plusieurs siècles aurait certainement assez de pouvoir pour jeter un sort de dissimulation.

— Nous aurions dû mieux surveiller les familles à Salem. Je pense que nous sommes devenus trop confortables ici, s'est inquiétée ma mère.

Mon père a haussé les épaules, imperturbable.

— Comment sommes-nous censés les surveiller ? Nous savons qui ils sont, mais ce n'est pas comme si nous pouvions les appeler et leur demander s'ils travaillent sur leur magie et ce qui se passe au fil des générations. Il y a beaucoup de pouvoir ici à Charm Cove, bien plus qu'à Salem. Mais de toute évidence, certaines familles ont affiné leurs pouvoirs. Je me fiche particulièrement qu'ils aient volé la magie du phare. Nous pouvons relancer le sort. Nous ne perdons ni le pouvoir ni le sort. Ils l'acquièrent simplement pour l'utiliser. La question pertinente est pourquoi ?

— Exactement, a dit fermement ma mère. Pourquoi ?

CHAPITRE DIX-SEPT

Le jour suivant, j'étais submergée par les candidatures pour le salon d'arts et d'artisanat du Festival du Charme. Opportunément, j'ai réussi à les traiter au comptoir entre deux clients. À l'heure du déjeuner, j'avais réduit la liste à environ soixante candidats et j'avais l'intention de demander à Emma de m'aider à décider des dix derniers à éliminer. Je ne le savais pas avant, mais apparemment, je n'aimais pas dire *non* à qui que ce soit, surtout quand il s'agissait de l'œuvre bien-aimée de quelqu'un.

Essayant de rester impartiale, je tentais de me concentrer sur l'équilibre des articles pour le salon. Cela rendait les refus un peu plus faciles. Nous ne pouvions avoir qu'un nombre limité de stands de poterie.

J'étais en train d'encaisser une cliente lorsque quelque chose attira mon attention à l'extérieur du magasin. En regardant par la fenêtre, j'ai aperçu le visage de l'homme que j'avais vu juste avant de voyager hors du placard à Salem.

Oh, bon sang.

L'homme n'avait pas l'air d'avoir peur de moi. Pour beaucoup de gens – en particulier la partie de la population qui ignorait que la vraie magie existait et que sorcières et sorciers se promenaient librement dans le monde – voir quelqu'un disparaître dans un tunnel de fumée et de paillettes pourrait être effrayant.

Cet homme n'était pas perturbé par sa dernière vision de moi. En fait, il se tenait simplement là et me fixait. Notre décoration de Noël n'était qu'à moitié installée, les jumeaux prévoyant de terminer les vitrines cet après-midi. Ils s'amusaient comme des fous à créer de la neige féerique qui scintillerait dans l'air, un sort qu'ils avaient perfectionné.

— Excusez-moi ? demanda la femme qui attendait que je lui rende sa monnaie.

Distraite, j'ai arraché mon regard de l'homme à la fenêtre et me suis retournée vers elle.

— Désolée pour ça. Voici, dis-je en comptant rapidement sa monnaie avant de la lui donner.

Après l'avoir glissée dans son portefeuille, elle sourit et partit. J'ai jeté un nouveau coup d'œil par la fenêtre, pour constater que l'homme avait disparu. J'ai immédiatement envoyé un message à Liam puis appelé ma mère.

— Oui, ma chérie, dit ma mère.

— L'homme que j'ai vu dans le placard était juste devant le magasin, dis-je en guise de salutation, sautant toute forme de politesse.

— Tu es sûre ?

— Absolument. J'ai bien vu son visage avant de voyager. Il n'y a aucun doute.

— D'accord, je vais appeler les autres, et nous allons tous garder un œil ouvert. Je vais parler à Gabriel tout de suite. Il prévoyait de faire plus de recherches en ligne et peut-être qu'il pourra nous obtenir une photo. Tu nous as donné une description, mais une photo nous aiderait à savoir qui nous cherchons.

— Ça me semble bien. En attendant, je ne peux pas quitter le magasin jusqu'à ce que les jumeaux arrivent. Je ne suis pas sûre d'être à l'aise de les laisser ici seuls cet après-midi, pas avec cet homme dans les parages.

— Je vais appeler Gabriel, et toi, appelle Emma pour qu'elle vienne cet après-midi. Plus on est de fous, plus on rit, dit rapide-ment ma mère.

Elle raccrocha, et je regardai autour du magasin, souhaitant pouvoir simplement partir. Je voulais suivre cet homme même si je savais que ce n'était pas particulièrement judicieux. Nous avions besoin d'un plan. J'ai commencé par envoyer un message à Emma avec une mise à jour et lui demander si elle pouvait venir à la boutique.

Quelques clients supplémentaires entrèrent, déambulant à travers les présentoirs et posant des questions sur les cadeaux. Pendant ce temps, mes doigts me démangeaient et mon dos me picotait. Je voulais trouver cet homme. De préférence maintenant.

Quand la cloche au-dessus de la porte tinta à nouveau, je levai les yeux par réflexe, soulagée de voir que c'était Beatrice Powers. Elle ne semblait pas être venue pour faire des achats. Après avoir rapidement parcouru la boutique du regard, elle se dirigea droit vers moi au comptoir.

— Ta mère m'a appelée, dit-elle sans préambule. Dis-moi à quoi il ressemble et ce qu'il porte. Je vais faire une ronde. Normalement je réserve ça pour le matin, mais c'est la couver-ture parfaite pour marcher où je veux. De plus, j'ai des nouvelles concernant le petit ami d'Amy, notre ami électricien.

— Quelles nouvelles ?

— Eh bien, apparemment, il est ami avec l'un des enquêteurs des Garde-côtes. Jusqu'à présent, nous n'avions pas fait cette connexion. L'enquêteur en question est un sorcier. C'est tout ce que je sais. Transmets cette information à qui tu penses avoir besoin de savoir. Pour l'instant, dis-moi qui je dois chercher.

J'ai rapidement donné à Beatrice une description de l'homme, et elle est partie en toute hâte. Elle portait déjà ce que je considérais comme son uniforme de marche – un pantalon et une veste en polaire ajustés. J'imaginai qu'une fois lancée, elle resterait parfaitement au chaud.

Entre-temps, Liam avait répondu à mon message, me demandant s'il devait venir à la boutique. Je lui ai fait savoir que ce n'était pas nécessaire pour le moment.

Emma arriva quelques minutes plus tard.

— Salut, dit-elle avec un signe de la main en se précipitant par la porte.

Passant rapidement derrière le comptoir, elle alla à l'arrière pour déposer son sac à main et sa veste. Dès qu'elle me rejoignit au comptoir, elle poursuivit :

— Je resterai tout l'après-midi si tu veux. Tu veux partir maintenant ?

— Je pense qu'il vaut mieux que je reste ici. Beatrice fait une marche supplémentaire pour voir si elle peut trouver le type. Je dois jeter un sort de protection sur la porte arrière, cependant. Ça tiendra à l'écart tous les sorciers et sorcières à moins qu'on ne les invite à entrer.

— Ça me semble un bon plan.

Après m'être occupée de cela, Emma et moi sommes restées occupées jusqu'à ce que les jumeaux arrivent après l'école. Nous les avons laissés travailler sur les vitrines pendant que nous continuions à servir les clients. Ils *adoraient* travailler sur les vitrines. Emma m'a aidée à finaliser les dernières candidatures pour le salon d'arts et d'artisanat.

Plus tard dans l'après-midi, je me suis précipitée à travers la place du village pour une mission café. En poussant la porte de Magic Beans, j'ai presque percuté Liam qui sortait.

Il tenait un plateau avec trois cafés et m'adressa un rapide sourire.

— J'étais justement en train d'apporter ceux-ci pour Emma et toi, dit-il en guise de salutation.

En reculant d'un pas, je lui rendis son sourire.

— Eh bien, on dirait que tu lis dans les pensées maintenant. J'étais venue nous chercher du café.

Il tint la porte ouverte tandis que je faisais demi-tour, et nous sommes sortis ensemble.

En traversant la place, notre souffle formait de la buée dans l'air froid de l'hiver.

— Du nouveau ? demanda Liam.

— Rien. Et toi ?

J'ai scruté les rues remplies de clients parcourant le centre-ville, cherchant par réflexe l'homme de Salem. Bien que je n'avais aucune idée de ce que je ferais si je le voyais.

— Juste que, selon ta mère, ton frère a retrouvé cet homme en ligne et a transmis une photo.

— Qui est-ce ?

— Samuel Parker. C'est le propriétaire de cette maison à Salem, et il est très certainement descendant d'un sorcier.

J'ai retourné cette information dans mon esprit, levant les yeux vers Liam.

— J'aimerais qu'on puisse assembler toutes les pièces du puzzle. Je sais, d'après la conversation que j'ai surprise, qu'ils ont volé le sort du phare, mais je ne sais pas pourquoi. Et quel rapport cela a-t-il avec le naufrage et le sort de dissimulation ?

Liam resta silencieux quelques instants, s'arrêtant sur le trottoir avec moi tandis que nous attendions que quelques voitures passent pour traverser la rue.

— Une fois qu'on aura compris ça, tout sera résolu. Ça pourrait être aussi simple qu'une prise de pouvoir. Peut-être qu'on complique trop les choses.

J'ai soutenu le regard de Liam, tordant ma bouche sur le côté en haussant les épaules.

— Il y a d'autres façons de s'emparer du pouvoir que de faire naufrager un navire et voler un sort de phare. Ce sont des actions très spécifiques. J'ai l'impression qu'il nous manque quelque chose.

Le regard bleu de Liam parcourut mon visage, puis il tendit la main pour écarter une mèche de cheveux que le vent avait décoiffée sur mon front.

— Il nous *manque* effectivement quelque chose, mais on va le découvrir. Éventuellement.

Sur ces mots, il enroula sa main autour de la mienne, regardant des deux côtés avant de descendre du trottoir. Lorsque nous sommes entrés dans la boutique, Emma poussa un cri aigu en voyant le café.

— Oh mon Dieu ! Tu lis vraiment dans les pensées. Vous êtes vraiment faits l'un pour l'autre, annonça-t-elle.

Elle accompagna son commentaire d'un clin d'œil et d'un sourire malicieux, tandis que je levais les yeux au ciel et secouais légèrement la tête. J'essayais de ne pas trop m'y attarder, mais j'attendais silencieusement depuis que Liam avait fait sa suggestion concernant les bagues. Cette idée m'avait rendue impatiente qu'il me fasse sa demande, pour ainsi dire.

C'est drôle comme les choses fonctionnent parfois.

CHAPITRE DIX-HUIT

Ce soir-là, après la fermeture de la boutique, je suis allée avec Liam assister à l'une des premières représentations de *Casse-Noisette* au lycée. Comme dans beaucoup de petites villes, Charm Cove maintenait sa communauté dynamique en canalisant l'énergie collective des différentes passions dans diverses activités. Beatrice Powers et l'une de ses amies adoraient le théâtre et organisaient des spectacles plusieurs fois par an. La représentation annuelle de *Casse-Noisette* était le point central des rassemblements, des commérages et de beaucoup d'amusement à l'approche de Noël.

Il y avait généralement trois ou quatre représentations par semaine. Quand j'étais à la maison, je me faisais un devoir d'assister à la première chaque année. Comme les jumeaux, j'avais moi-même participé à *Casse-Noisette* quelques fois. Le théâtre du lycée était bondé d'amis et de familles.

Ils avaient augmenté les enjeux il y a quelques années en ajoutant de la nourriture et de l'alcool pour les spectateurs. Résultat, ils s'étaient assurés de faire salle comble jusqu'à Noël. La ville contournait les restrictions concernant la vente d'alcool à l'école grâce à un article obscur du règlement municipal. Autrefois, l'école était l'un des principaux lieux de rassemblement de la ville, l'un des rares endroits où ils pouvaient organiser des festivités municipales. C'était encore le cas aujourd'hui, mais la ville s'était considérablement agrandie, offrant désormais d'autres options. À l'époque, le code municipal stipulait qu'après les heures de cours, les locaux scolaires pouvaient être utilisés pour d'autres activités, y compris la vente d'alcool. C'était une situation plutôt amusante mais néanmoins pratique.

Après avoir dégusté quelques hors-d'œuvre dans le hall, Liam et moi nous sommes frayés un chemin à travers la foule pour trouver nos places auprès de mes parents, ses parents, Lea et Jacob, et quelques autres membres de la famille. Les jumeaux recevaient une dose supplémentaire d'affection de la part de tous les adultes, étant les plus jeunes enfants parmi nos deux familles.

La main chaude de Liam posée dans le bas de mon dos, il me guida vers deux sièges qui nous avaient été réservés. Une fois assise, j'ai été ravie de constater que les sièges disposaient toujours de tablettes rabattables. J'y ai posé mon verre de vin, me suis penchée pour déposer un baiser sur la joue de ma mère et ai salué tout le monde. Après un murmure de salutations, tante Lea a fait signe à tout le monde de se taire.

— Eh bien, pour autant que nous sachions, personne n'a revu cet homme depuis qu'il a regardé par la fenêtre du magasin. Je n'arrive pas à croire qu'il ait eu l'audace de faire ça, souffla-t-elle. Se calant dans son siège, elle ajusta sa jupe et prit une longue gorgée de vin.

Liam se pencha en arrière, passant son bras autour de mes épaules. Quelqu'un d'autre passa et nous salua, détournant la conversation tandis que ma mère commençait à bavarder.

Quand Liam parla, sa voix était destinée à mes oreilles uniquement.

— Ça ne me surprendrait pas qu'on le voie ici. J'ai vu sa photo, mais préviens-moi si tu l'aperçois.

Je levai les yeux.

— Tu penses qu'il aurait le culot de venir ici ?

Liam hocha la tête presque imperceptiblement.

— Bien sûr. C'est bondé. S'il veut voir de près les sorcières et les sorciers auxquels il pourrait avoir affaire, il pourrait supposer que beaucoup d'entre nous seraient ici.

L'anxiété me nouait l'estomac, mais je me forçai à ne pas y penser. Je ne voulais pas que cela plane au-dessus de nous. Pas ici et pas maintenant.

Les lumières s'estompèrent et le spectacle commença. Les jumeaux avaient des rôles de danse d'ensemble et étaient adorables, bien sûr. Seuls les sorcières et les sorciers, dont il y avait beaucoup dans le public, auraient probablement remarqué que la lueur lavande et rose qui flottait dans l'air quand ils dansaient était vraisemblablement lancée par eux.

J'ai réprimé un rire quand je l'ai vue.

— Ils ne peuvent vraiment pas s'en empêcher, ai-je murmuré à Liam.

Quand il me serra l'épaule en réponse, je savourais cette sensation. Non pas que j'aie eu des doutes persistants sur mon retour à Charm Cove. Tous les doutes s'étaient dissipés. Même la menace de l'homme inconnu ne pouvait diminuer la joie d'être ici.

Les petites villes avaient leur propre magie, une magie qui existait qu'il y ait des sorcières et des sorciers ou non. C'étaient des endroits spéciaux, et c'était dans des moments comme celui-ci qu'on ressentait la connexion collective au sein de la communauté et les personnalités amusantes et excentriques des jeunes qui débordaient d'énergie.

Lorsque le rideau tomba, il y eut un moment de murmures avant qu'il ne se relève et que les lumières se rallument. Liam se pencha pour déposer un baiser sur le côté de mon cou, et des frissons parcoururent mon corps dans le sillage de son contact. Quand il releva la tête, je souris avant qu'un mouvement n'attire mon regard. C'est alors que j'ai revu l'homme mystérieux.

— Liam, chuchotai-je rapidement.

Il baissa les yeux, suivant immédiatement mon regard. Il n'attendit même pas.

— Je reviens tout de suite.

Puis il se leva, se frayant rapidement un chemin parmi les gens alors que le public applaudissait et que les artistes saluaient sur scène. Je me précipitai derrière Liam, entendant le mouvement de quelques autres membres de notre groupe qui me suivaient. Je supposai qu'ils avaient compris que j'avais vu l'homme.

L'homme était juste assez grand pour être repéré au-dessus de la foule. Je vis son regard balayer le public. Liam était sur ses talons lorsque l'homme se retourna et traversa rapidement la foule. J'avais envie de crier, mais je savais que cela ne serait certainement *pas* utile dans cette foule.

En quelques secondes qui semblèrent durer des heures, nous avons franchi une porte latérale menant à une zone de stockage à l'arrière du théâtre. L'adrénaline courait dans mes veines tandis que je me hâtais le long du couloir obscur. Liam était devant moi, et je le vis tendre la main pour attraper l'homme par le bras.

Pendant un instant, j'ai cru que nous l'avions vraiment attrapé. À ce moment précis, le bras de l'homme se projeta droit devant lui, pointant une baguette dans ma direction. En un éclair, il y eut un éblouissant trait de lumière. Liam avait pivoté sur lui-même, lançant rapidement un sort de blocage.

L'homme jura et trébucha avant de se retourner et de s'enfuir par la porte arrière juste au moment où quelques autres personnes arrivaient en trombe par la porte latérale dans le couloir — mon père, ma mère, Jacob et Lea. La lumière du sort que Liam avait lancé commençait tout juste à s'estomper.

Jacob regarda Liam droit dans les yeux.

— Quel sort as-tu dû bloquer ? demanda-t-il.

Les yeux de Liam étaient sombres, la colère émanant de lui par vagues. Mon père les dépassa pour aller vers la porte arrière qui oscillait dans le vent, laissant entrer l'air froid de la nuit noire.

— Je ne sais pas, répondit Liam, son regard passant de moi à

Jacob. Il avait une baguette pointée droit sur Moira, alors je n'ai pas attendu de voir ce que c'était. J'ai juste bloqué.

Sans bouger de là où il se tenait, Jacob ferma les yeux et leva les mains. Avec les effets persistants du sort de blocage de Liam et du sort de détection de Jacob, l'air semblait lourd, presque électrifié.

Après un moment, Jacob ouvrit les yeux juste au moment où mon père revenait de l'extérieur, secouant la tête.

— Il est loin.

— Il a lancé un sort de vol. Tu n'étais pas sur le point de voyager, n'est-ce pas ? me demanda Jacob.

Je secouai la tête.

— Non. Est-il possible pour quelqu'un de voler le sort d'une autre personne même si cette personne ne l'utilise pas ? posai-je la question logique suivante.

Opal répondit en rejoignant le rassemblement :

— C'est possible, mais c'est rare. Tu ne perdrais pas le pouvoir, mais il le gagnerait.

Nous étions tous là, le sentiment collectif de frustration flottant dans l'air.

CHAPITRE DIX-NEUF

— Voilà pour vous, dis-je en tendant un sac de fête à une cliente.

— Merci ! répondit la femme avec un sourire en se retournant.

La clochette tinta au-dessus de la porte quand elle sortit, laissant entrer une bourrasque de neige et Alice Good alors que la femme partait.

Alice secoua la neige de son manteau et tapota des pieds sur le tapis à l'entrée tout en jetant un coup d'œil dans la boutique. Nous étions occupés, mais c'était toujours le cas à cette période de l'année. Les jumelles se promenaient et discutaient avec les clients pendant que je tenais la caisse.

La mère de Liam était belle. Bien que je suppose que c'était prévisible vu le physique avantageux de Liam. Il tenait ses cheveux noirs d'elle et ses yeux bleus saisissants de son père.

Alice sourit en s'approchant du comptoir. — Bonjour, Moira, comment allez-vous cet après-midi ?

— Occupée, mais ce n'est pas nouveau, répondis-je. Et vous-même ?

— Très bien. Merci.

— Qu'est-ce qui vous amène aujourd'hui ? Vous cherchez des cadeaux, ou peut-être des remèdes ?

Alice afficha un autre sourire, baissant les yeux vers la vitrine. — Eh bien, je suis venue voir les bagues. J'aimerais en offrir une à Juliette. J'espérais... ses mots s'estompèrent tandis qu'elle scrutait la vitrine, ...un saphir, et vous en avez un. Parfait. Celui-ci, juste là, dit-elle en tapotant le verre du doigt.

Faisant glisser les portes à l'arrière de la vitrine, je tendis la main pour le prendre. En le lui donnant, je demandai : — Vous êtes sûre que c'est celui-ci ?

— Absolument. J'en veux un qui corresponde à ses yeux, et ce saphir y parvient.

Alice leva ses yeux brun foncé vers les miens. — Je suppose qu'il y a un léger charme dessus ? demanda-t-elle, avec à peine une intonation interrogative.

— Bien sûr, juste une touche de remonte-moral. Vous pouvez ajouter ce que vous voulez pour Juliette. Souhaitez-vous que je l'emballe ?

— S'il vous plaît, répondit Alice alors qu'un autre client s'approchait du comptoir. Elle fit rapidement un pas de côté. — Allez-y, je vais attendre.

Je posai la bague dans sa petite boîte sur le comptoir qui longeait le mur derrière la caisse et me retournai pour m'occuper de la cliente. Après avoir vendu à cette femme une baguette totalement dépourvue de charge et une potion *L'amour trouvera son chemin*, je me tournai à nouveau vers Alice. — Donnez-moi juste une minute pour l'emballer.

À son signe de tête, je me glissai derrière le rideau, attrapai du papier cadeau et un ruban, puis revins à l'avant. Pendant que j'emballais la boîte, Alice s'approcha du côté du comptoir.

— Pas d'effets indésirables après cette tentative de sort hier soir ? demanda-t-elle d'un ton détaché. On aurait cru qu'elle s'informait de la météo.

Bien qu'elle ne se soit pas précipitée à l'arrière avant que tout soit terminé, Alice était manifestement au courant de ce qui s'était passé.

— Aucun. J'aurais simplement souhaité que nous puissions l'attraper hier soir. Je sais qu'il a l'aide de cet autre homme. Je veux savoir ce qu'ils font et pourquoi.

— Comme nous tous, murmura Alice tandis que je pliais le papier autour de la boîte. — J'ai fait quelques recherches supplémentaires concernant l'histoire, et je suis de plus en plus convaincue que nous allons remonter jusqu'à la famille qui a essayé d'acheter la propriété du phare quand la querelle était à son apogée. Je vais me rendre à Salem demain. J'ai une amie là-bas en qui j'ai confiance. Peut-être pourra-t-elle me donner un peu plus d'informations sur l'histoire des familles qui sont restées et qui ont quitté la région. Nous avons une assez bonne connaissance de l'histoire ici, mais nous sommes partis, donc nous ne sommes pas restés proches de nombreuses familles. Je pourrais être en mesure de faire des liens.

Après avoir noué le ruban autour de la boîte, je glissai l'achat d'Alice dans un petit sac cadeau et le lui tendis. — Ce serait certainement utile. Vous êtes sûre de vouloir y aller seule ? Ils savent qui je suis, et après la nuit dernière, je suis certaine qu'ils peuvent faire le rapprochement.

Alice sourit doucement. — Bien sûr, je n'irai pas seule. Le père de Liam est aussi protecteur que Liam, et il a déjà insisté pour m'accompagner. Pas d'inquiétude à avoir. Alice fit une pause, son regard chaleureux posé sur moi tandis que j'encaissais son achat. — En parlant de Liam, il semble que les choses se passent plutôt bien entre vous deux.

Je ne me laissai pas prendre à son ton décontracté et désinvolte. Je savais à quoi m'en tenir. Alice était douce et polie, mais je ne doutais pas qu'elle savait qu'Opal avait transmis les bagues à Liam. Je n'allais pas laisser cette conversation s'approfondir, pas maintenant.

Je me contentai de sourire et d'acquiescer. — En effet. Quoi qu'il en soit, votre total est...

Alice rit, mais laissa tomber le sujet. Elle quitta la boutique avec une bourrasque de neige qui s'engouffra à sa suite. Il neigeait assez fort dehors pour que j'envisage de fermer plus tôt. Pourtant, nous étions dans le Maine, et la neige ralentissait rarement le monde ici. Me donnant raison, le flux de clients continua sans faiblir jusqu'à l'heure de la fermeture. J'emmitouflai Celia et Delia dans ma voiture et les conduisis chez elles à travers l'obscurité tombante, les phares faisant scintiller la neige qui tombait sur la route.

———

Nous nous sommes réveillés le lendemain sur un paysage recouvert de neige. Nous avions reçu trente centimètres ou plus pendant la nuit. La porte moustiquaire traça un sillon dans la neige lorsque je l'ouvris pour sortir sur la véranda grillagée à l'arrière, le matin. En regardant dans le jardin, j'aperçus une forme floue en mouvement. Ghost était si blanc qu'il se fondait presque dans le décor, mais sa course vers la véranda le trahit.

Il passa devant moi en trombe, et je réalisai que je n'avais pas prévu de gérer sa chatière pendant l'hiver. La chatière que Liam avait installée était à l'intérieur de la véranda et intégrée à l'une des fenêtres. Nous comptions sur sa capacité à se glisser dans et hors de la porte moustiquaire par lui-même. Il n'avait manifestement eu aucun problème pour sortir, mais rentrer n'était pas aussi facile. La neige avait évidemment entravé son retour.

Je découvrais que les escapades sauvages de Ghost à l'extérieur diminuaient considérablement avec le froid. C'était clairement un chat qui appréciait son confort. Il adorait quand Liam allumait un feu dans la cheminée et faisait souvent la sieste devant. Pendant la journée, il dormait dans les rayons de soleil qui passaient à travers les fenêtres.

En traînant l'un des pots de fleurs du coin de la terrasse alors que je pataugeais dans la neige en pantoufles, je calai la porte ouverte pour que Ghost puisse entrer et sortir librement. Debout dans l'encadrement de la porte, je contemplai le jardin, l'étendue n'étant que neige. Le soleil se levait, ses rayons scintillant sur la neige. L'océan Atlantique s'étendait au loin, le soleil faisant jaillir des étincelles sur sa surface tandis que les vagues se brisaient sur le rivage.

Je sentis Liam arriver derrière moi. — Bonjour, dis-je.

Il passa une main dans ses cheveux ébouriffés et m'adressa un sourire légèrement endormi lorsqu'il arriva à mes côtés. — Bonjour, murmura-t-il, inclinant la tête et déposant un baiser sur ma joue, laissant un petit picotement là où ses lèvres m'avaient touchée.

Notre souffle formait de la buée dans l'air tandis que nous restions là ensemble, regardant le matin enneigé. — J'ai préparé du café, dis-je.

— Je peux le sentir. Tu me gâtes.

Je ris doucement, lui jetant un coup d'œil. — J'aimerais pouvoir dire que je l'ai fait juste pour toi, mais tu sais à quel point j'adore mon café le matin.

Il rejeta la tête en arrière avec un rire, attrapant ma main dans la sienne quand je frissonnai au vent qui soufflait depuis l'océan.

— Allez, allons prendre un café.

Plus tard ce matin-là, c'était le début de la journée à la boutique et il n'y avait pas trop de monde. Après avoir pris un café à la maison de transport, Liam m'avait conduite en ville, insistant sur le fait que ce n'était pas la peine pour moi de conduire car il pourrait venir me chercher à la fin de la journée. Nous nous étions arrêtés pour prendre des scones frais chez Magic Beans. J'en cassai un morceau, savourant la saveur de myrtille.

La clochette au-dessus de la porte tinta, annonçant l'arrivée d'un autre client. En levant les yeux, je souris en voyant Beatrice Powers entrer. Je l'avais vue plus tôt quand nous étions arrivés en

ville, marchant d'un pas énergique autour du parc avec ses parte-
naires de marche rapide invétérées. Elles étaient réduites à un
groupe de trois en cette saison.

Elle avait changé ses vêtements de marche et portait un
pantalon de laine noir, des bottes de marche pratiques et un
caban rouge vif. Elle retira ses moufles assorties et me sourit
quand elle atteignit le comptoir.

— J'adore venir ici en hiver. L'odeur du cidre épicé est l'une
de mes préférées. Comme tu es toujours ici, je doute que tu
saches que presque toutes les autres boutiques de la ville ont
suivi ton exemple à ce sujet. Bien sûr, le cidre épicé est assez
facile à préparer, mais il n'y a que toi qui aies les biscuits à la
mélasse de ta mère, dit-elle avec un sourire en se penchant pour
en prendre un sur l'assiette dans le coin du comptoir.

Je ris doucement. — Le cidre épicé est certainement bon à
avoir quand il fait froid. Bien que j'adore les biscuits à la mélasse,
ils sont une tentation malsaine pour moi. Je dois vraiment me
limiter.

Beatrice me fit un clin d'œil. — Eh bien, profite-en pendant
que tu le peux, ma chère.

— Alors, qu'est-ce qui t'amène ici ce matin ? Des achats de
Noël ?

Beatrice secoua la tête. — Non, ma chère. Je voulais te faire
savoir que j'ai effectivement pris le thé avec la tante d'Amy
Lévesque.

—J'avais oublié que tu avais mentionné que tu allais l'inviter
à prendre le thé. As-tu appris quelque chose d'utile ?

Beatrice acquiesça. — En effet. Je vais descendre en informer
Daniel aujourd'hui. Le petit ami d'Amy, Clint – tu sais, l'électricien ? À mon hochement de tête, elle poursuivit : — Mis à part
le fait qu'il a quitté le poste d'entrepreneur une fois qu'ils ont
perdu le contrat du phare, il s'avère qu'il est ami avec Daryl
Parker des Gardes-côtes. Si tu veux mon avis, *ça*, ce n'est pas une
coïncidence. La mère d'Amy s'inquiète qu'Amy se soit peut-être
impliquée dans une sale affaire.

— Attends une seconde, son nom est Daryl Parker ? demandai-je, me rappelant que Samuel Parker était l'homme qui possédait la maison à Salem et que nous recherchions ici.

Beatrice hocha la tête. — Oui, c'est ce que j'ai dit.

— Eh bien, Samuel Parker est le nom de l'homme qui m'a vue dans le placard.

Beatrice arqua un sourcil puis hocha lentement la tête. — Eh bien, eh bien.

— Qu'est-ce que la tante d'Amy sait d'autre ? demandai-je.

— Pas grand-chose d'autre, chérie. La mère d'Amy est de ces types qui vivent et laissent vivre. Tu vois ce que je veux dire ? demanda-t-elle, les lèvres serrées avec un hochement de tête négatif.

Je me contentai d'acquiescer, m'abstenant de tout autre commentaire. Il était clair que Beatrice n'était pas du genre à vivre et laisser vivre. Sa fille était légèrement plus âgée que moi et menait une vie presque parfaite dans une ville voisine. Elle était mariée à un sorcier, avec une clôture blanche et deux virgule cinq enfants. Enfin, pour être précise, trois enfants.

— Est-elle inquiète que le petit ami d'Amy soit ami avec l'homme des Gardes-côtes ?

Beatrice acquiesça. — Je pense que nous devons rester vigilants concernant cet homme, et quelqu'un devrait prendre l'initiative de parler à l'enquêteur des Gardes-côtes. Nathan est le choix évident. Maintenant que nous savons qu'ils partagent le même nom de famille, je suppose qu'ils sont parents.

Avant que je puisse ouvrir la bouche pour me proposer de le faire moi-même, elle poursuivit : — Je me rends de toute façon au phare cet après-midi. Nous nous réunissons pour discuter de la refonte de ce sort.

Elle a dû remarquer que je n'étais pas au courant de ce petit détail, et elle me fit un clin d'œil. — Je viens de raccrocher avec ta mère. Tu ne manques rien. Puisque c'était une Wicked et une Good avec un peu d'aide d'un sorcier de ma famille, nous pensons que ta mère, Lea et moi-même pouvons faire l'affaire.

Nous laissons les hommes en dehors de ça. De toute façon, ils essaieront juste de prendre le contrôle.

Sur ce, elle remit ses moufles et partit avec un signe de la main, ne me laissant pas le temps de poser d'autres questions. Beatrice était tout sauf inefficace.

CHAPITRE VINGT

Avant la fermeture de la boutique, ma mère m'a informée du plan pour le phare de Beacon's Charm. Ils préféraient agir seuls, pensant que trop de monde sur place risquerait d'attirer l'attention. Lea avait réussi à obtenir de l'aide pour réparer provisoirement le câblage électrique des lumières pour ce soir. Il se trouvait qu'un cousin de la famille Good travaillait dans l'électricité à ses heures perdues. Le phare avait encore besoin d'importants travaux pour réparer le vieux câblage, mais ils devaient au moins avoir un éclairage fonctionnel, même temporaire. Si le sort fonctionnait, ils n'auraient aucun moyen d'expliquer comment le phare marchait à nouveau sans électricité.

J'ai informé ma mère du lien possible entre Daryl et Samuel Parker. Elle était concentrée sur le sort prévu pour ce soir mais m'a demandé de transmettre l'information.

Pendant ce temps, j'allais être occupée pour la soirée. Je me suis rendue au lycée pour retrouver plusieurs sorcières de mon âge. Nous devions préparer l'auditorium avec des décorations et organiser le défilé. Maintenant que Thanksgiving était passé, Noël semblait arriver à grands pas.

En arrivant au lycée, le couloir principal était brillamment éclairé, tandis que les couloirs latéraux restaient dans la pénombre. Je me suis dépêchée d'entrer dans la salle de classe où nous nous réunissions pour y trouver ma cousine Emma, Zoe, et plusieurs autres amies. J'étais ravie de voir Juliette, la sœur cadette de Liam. Nous avions été amies plus jeunes, mais nous nous étions éloignées quand elle avait choisi une université différente, puis quand Liam et moi nous étions séparés.

Juliette m'a repérée dès que j'ai franchi la porte.

— Moira ! s'est-elle écriée en se précipitant vers moi pour me serrer brièvement dans ses bras.

Ses cheveux noirs étaient attachés en queue de cheval avec un ruban bleu vif, presque de la même couleur que ses yeux.

— Tu as l'air en pleine forme. Je disais justement à Liam que j'espérais te voir ce soir.

— Me voilà, ai-je répondu en reculant d'un pas et en lui pressant les épaules. C'est vraiment bon de te revoir.

— Pareil pour moi. Je suis tellement soulagée que Liam et toi vous soyez remis ensemble. Pour *toutes* les bonnes raisons, s'est-elle enthousiasmée.

J'ai ri en haussant les épaules, sentant mes joues s'échauffer un peu.

— Espérons que la deuxième fois sera la bonne, ai-je proposé.

Nous avons été emportées dans le groupe de femmes, certaines assises aux bureaux et d'autres dispersées sur le sol. Bien que je fasse partie du comité de planification, ma tâche principale avait été d'organiser le marché d'artisanat. Je n'étais pas responsable des défilés. Ma cousine Emma s'occupait des chars pour ceux-ci et donnait des ordres à tout va.

Apparemment, les chars du défilé étaient devenus une compétition féroce. Je ne me souvenais pas que c'était ainsi quand nous étions plus jeunes. Pendant une pause dans les diverses discussions, j'ai jeté un coup d'œil à Emma.

— Depuis quand le défilé est-il devenu une compétition ?

Emma a levé les yeux au ciel.

— Ça a commencé il y a seulement quelques années. Tout ça à cause des Lévesques et des Bishops. Ils se sont disputés pour savoir qui avait le meilleur char et ont décidé d'en faire une compétition officielle. Tu sais comment ça se passe, et tout le monde a joyeusement suivi le mouvement. Je pense que ça ne s'arrêtera plus maintenant. En plus, c'est une autre façon pour la ville de gagner beaucoup d'argent. Pour voter pour le char du défilé, les gens doivent acheter un bulletin de vote.

Amber Ouellette m'a fait un clin d'œil.

— Ce n'est pas vraiment démocratique. Mais peu importe, tant que ça marche, non ?

J'étais occupée à prendre des notes détaillées sur ma tablette concernant qui prévoyait quel char quand j'ai entendu quelqu'un prononcer mon nom derrière moi. En me retournant, j'ai trouvé Amy Lévesque. Il n'y avait rien d'inhabituel à ce qu'elle soit ici, mais j'ai senti qu'elle n'était pas venue pour me parler du défilé.

Elle m'a donné raison.

— Tu as une minute ?

— Bien sûr, tu veux qu'on parle en privé ?

— Oui, si ça ne te dérange pas.

Fermant le couvercle de ma tablette, je me suis levée et nous nous sommes écartées pour nous asseoir sur les gradins.

— Qu'est-ce qui se passe ? ai-je demandé.

Amy s'est tordu les mains, mordillant sa lèvre inférieure. Je ne connaissais pas très bien Amy, mais je pouvais voir qu'elle était inquiète.

— Tout va bien ?

Amy a pris une profonde inspiration et l'a relâchée avec un soupir.

— Je ne sais pas. Voilà, tu sais que je sors avec Clint Owens, n'est-ce pas ?

À mon hochement de tête, elle a poursuivi :

— Eh bien, il est ami avec un sorcier qui est dans les Gardes-côtes. Toute cette histoire avec le phare a été planifiée par ce type, mais je ne sais pas pourquoi. Je pensais que c'était une blague. C'est la seule raison pour laquelle j'ai accepté d'y participer. J'ai dit à Clint qu'il est un idiot, et je ne pense plus que ce soit une plaisanterie. Je voulais en parler à quelqu'un, mais j'ai peur. Je ne suis pas comme toi ; je ne viens pas d'une des familles vraiment puissantes. Je ne sais pas ce que tu peux faire de cette information, mais voilà. Samuel Parker est derrière tout ça.

— Tu peux me dire autre chose ? ai-je demandé tandis que mes pensées tourbillonnaient.

J'étais soulagée qu'Amy ait décidé d'avouer ce qu'elle savait, mais je ne savais pas si je pouvais lui faire confiance pour ne rien dire à Clint si je lui mentionnais ce que nous savions sur Samuel.

Elle a secoué la tête.

— Non. Quand j'ai commencé à sortir avec Clint, et qu'il a accepté que je sois une sorcière, c'était génial. Samuel l'a d'une manière ou d'une autre entraîné là-dedans, lui disant qu'il gagnerait beaucoup d'argent grâce au contrat. Alors Clint a démissionné, espérant se faire embaucher par quelqu'un d'autre.

— Dis-moi exactement comment c'est arrivé. Je veux dire, comment le bateau s'est-il écrasé ?

— Eh bien, Clint est rentré et m'a dit qu'ils allaient faire cette blague et éteindre la lumière du phare pendant quelques heures. C'est vraiment tout ce qu'il m'a dit. Ça devait se passer le même jour où nous avions déjà prévu d'aller à la cabane de sa famille sur l'île, alors je n'ai pas pensé à mal. Il ne m'a pas dit que nous risquions d'endommager le bateau. Tous les signaux sont devenus fous après que la lumière du phare se soit éteinte. Je ne savais pas non plus qu'ils allaient jeter un sort de dissimulation. Ça demande une puissance folle, a-t-elle dit, les yeux écarquillés.

— Est-ce que Jared savait quelque chose à ce sujet ? ai-je demandé, faisant référence à la troisième personne sur le bateau.

Je me rappelais que Jared avait des pouvoirs, et que sa famille avait essayé d'acheter la propriété du phare il y a longtemps. Je me demandais comment il s'inscrivait dans ce puzzle plus large.

Amy a secoué la tête.

— Il pensait aussi que c'était une blague. Il était furieux quand le bateau s'est écrasé. Alors, qu'est-ce que tu vas faire ?

— Je vais en informer tout le monde, et nous allons déterminer quoi faire. La police va s'en mêler. Si tu n'as rien eu à voir avec l'extinction de la lumière, ça devrait aller. Je suppose que les pires accusations seraient de vandalisme, mais je ne sais pas vraiment. Où vas-tu après ça ? ai-je demandé.

— Oh, je reste ici pour les deux prochaines heures. J'ai dit à Amber que je l'aiderais avec les panneaux pour le défilé. Si ça ne te dérange pas, je préférerais ne pas être impliquée dans l'enquête. Je t'ai dit tout ce que je sais. Si la police a besoin de me parler, je leur parlerai, mais je ne veux pas avoir plus d'ennuis que je n'en ai déjà, et Clint non plus.

Je pensais que c'était déjà bien qu'Amy soit occupée à fabriquer des panneaux, mais je n'étais pas sûre si je devais rester maintenant ou partir. C'était manifestement une avancée majeure, mais il faisait sombre dehors, et je n'étais pas certaine de ce que nous pourrions résoudre ce soir.

Sortant dans le couloir, j'ai rapidement appelé Liam. Il dînait avec ses parents. Comme il ne répondait pas, j'ai laissé un message détaillé et lui ai demandé de me rappeler dès que possible. Vu que ma mère, Lea et Beatrice étaient actuellement en train d'essayer de jeter le sort pour le phare, je ne voulais pas les interrompre.

Au lieu de les appeler, j'ai appelé mon père. Après l'avoir rapidement mis au courant, il m'a dit de rester où j'étais et que lui et Jacob appelleraient Daniel au poste de police. Il a souligné qu'il serait préférable de ne pas éveiller de soupçons. Mon départ précipité ce soir en éveillerait certainement. Personne n'avait vu Samuel Parker depuis la représentation du *Casse-Noisette*. Maintenant que nous savions qu'il était potentiellement lié à Daryl Parker, nous devions jouer finement nos cartes.

— En parlant de ça, je vais aussi appeler Nathan, mais il ne participera pas au sort ce soir. Entre-temps, fais-moi savoir si tu apprends quelque chose de nouveau, et je ferai de même, a dit mon père.

Sur ce, nous avons terminé l'appel, et j'ai essayé de me replonger dans les activités de planification des fêtes. Au fil de la soirée, je me suis surprise à vérifier mon téléphone à plusieurs reprises. Finalement, Liam m'a envoyé un texto pour me dire qu'il était en route pour me rejoindre.

Décidant qu'il n'y aurait rien de suspect à ce que je parte à ce moment-là, j'ai fait savoir à Emma que j'en avais terminé pour la soirée, j'ai donné une autre accolade à Julia, enfilé ma veste et me suis dépêchée de sortir. Contrairement à mon arrivée, les lumières de toute l'école étaient maintenant tamisées. Mes pas résonnaient tandis que je descendais le long couloir. Nous nous étions réunis dans l'une des salles de classe près de l'auditorium. J'ai fait une pause dans le couloir pour fermer les yeux et prendre une profonde inspiration. L'école me semblait si familière, mais c'était étrange d'être ici en cette qualité.

J'avais été jeune et insouciante en tant qu'adolescente. Oh, je n'avais pas été naïve. Il était impossible d'être naïve quand on grandissait en étant bien consciente des pouvoirs surnaturels et de la façon dont ils pouvaient être utilisés pour le bien comme pour le mal.

À l'époque, j'étais enchantée par l'idée de mon *destin* avec Liam, et rien ne menaçait encore mon monde. C'est seulement quand j'étais devenue jalouse quelques années plus tard et que j'avais été dégoûtée de devoir gérer les courants complexes de la vie de sorcière dans notre monde que j'avais tenté de m'en échapper.

Un sentiment de soulagement et de justesse m'a envahie. J'étais heureuse que les vents de la vie m'aient ramenée à Charm Cove. Que ce soit dû au sort ou non, j'étais soulagée d'être à nouveau avec Liam.

Un frisson m'a parcouru l'échine, me ramenant instantanément au moment présent. Le picotement a remonté mes épaules et descendu jusqu'au bout de mes doigts tandis que j'ouvrais les yeux. Samuel Parker, l'homme même qui avait pointé sa baguette sur moi l'autre soir, s'approchait dans le couloir. Encore une fois, il avait sa baguette sortie et pointée droit sur moi.

J'ai pivoté, des paillettes et de la fumée tourbillonnant autour de moi juste au moment où j'ai entendu mon nom crié et aperçu Liam. Avant que je ne puisse me téléporter, ce que j'avais l'intention de faire avant de voir Liam, il y a eu un éclair argenté presque aveuglant et l'homme s'est figé sur place.

J'ai laissé la fumée autour de moi se dissiper, n'ayant parcouru que quelques mètres depuis mon point de départ. En me tournant vers Liam, j'ai vu une expression de soulagement passer sur son visage. Je me suis rendu compte que c'était une pure coïncidence que Liam soit entré dans le couloir par l'arrière au même moment où cet homme marchait vers moi.

Compte tenu de ce que nous savions de Samuel, je supposais qu'il essayait de voler ma magie de déplacement pour lui-même, mais cela aurait pu être quelque chose de plus grave. Il y avait aussi l'évidente réalité que nous ne voulions pas que quelqu'un comme lui continue à collecter des sorts pour son propre usage. Bien qu'il n'y ait pas de lois formelles pour gouverner les sorcières et sorciers, il existait des normes sociales établies de longue date. Voler des sorts qui ne provenaient pas de son propre pouvoir était sévèrement réprouvé. Des avertissements dans des textes anciens racontaient comment la magie volée avait le pouvoir de se retourner éventuellement contre le voleur. C'était si rare qu'on ne savait pas si cela avait jamais été prouvé.

Liam restait immobile, une main levée tandis qu'il maintenait l'homme immobilisé. Il a croisé mon regard.

— Appelle qui tu veux, de préférence ton père, Jacob, ou le mien d'ailleurs. Nous avons besoin d'aide.

J'avais mon père au téléphone en une seconde. Il m'a indiqué qu'il était déjà en route parce que Nathan l'avait prévenu que Daryl Parker était revenu rôder autour du phare.

Si nous avions espéré gérer cette capture discrètement, nous n'avons pas eu cette chance. Un autre homme est apparu dans le couloir arrière, un homme que je ne reconnaissais pas, pendant que Liam maintenait Samuel en place. À ce moment-là, l'inconnu s'est élancé dans ma direction. C'est alors que je me suis brusquement rappelée que Jacob avait senti que deux personnes apparentées avaient lancé le sort de dissimulation et le sort qui avait brisé le sort du phare. Par hasard, les jumelles sortaient justement de la réunion de planification à l'arrière, et elles ont lancé leurs cercles rose et violet autour de cet homme. Elles ne savaient peut-être pas exactement ce qui se passait, mais elles ont été rapides.

Comme les autres femmes commençaient à filtrer dans le couloir depuis la séance de planification, nous avions une assez grande foule au moment où mon père, Jacob et le père de Liam sont arrivés. Daniel est également arrivé quelques minutes plus tard dans sa fonction officielle de chef de la police.

À la fin de la soirée, Samuel avait été arrêté pour tentative d'agression, et l'autre homme, qui s'est avéré être Daryl Parker, a été arrêté et inculpé de vandalisme pour les dommages causés au phare. Apparemment, il avait d'une façon ou d'une autre compris que les sorcières prévoyaient de relancer le sort du phare ce soir et avait été surpris en train de s'introduire dans le phare et de tenter d'endommager le câblage nouvellement réparé.

Somme toute, ce fut une soirée mouvementée.

———

Plus tard cette nuit-là, j'ai regardé autour du salon. Liam était assis à côté de moi sur le canapé, son bras jeté par-dessus mon épaule, entouré d'un groupe de personnes rassemblées dans la pièce avec nous. La bonne nouvelle ? Le phare de Beacon's Charm fonctionnait à nouveau.

Même si les méchants avaient été attrapés, pour ainsi dire, nous ne connaissions toujours pas le but de leurs efforts. Nous étions tous soulagés d'avoir appris que Samuel et Daryl étaient cousins, ne serait-ce que parce que cela expliquait pourquoi ils travaillaient ensemble. Une fois de plus, la prescience de Jacob en identifiant que deux personnes apparentées avaient lancé le sort qui avait brisé le sort du phare était parfaitement exacte. Ce qui n'étonnait aucun d'entre nous.

— Tu sais, j'ai mentionné à Moira que ça pourrait n'être rien de plus qu'une tentative de s'emparer de pouvoirs, a commenté Liam, répondant à quelque chose que Jacob avait dit.

— Oui, mais pourquoi cibler le phare ? a médité Alice. C'est un sort très spécifique ; pas quelque chose qu'on peut même utiliser souvent.

Tante Lea a fermement acquiescé, avec Opal qui renchérissait :

— Exactement. Alors qui, selon vous, aura le plus de chance d'obtenir de Daniel la permission de leur parler ?

J'ai regardé mon frère en haussant un sourcil.

— Pourquoi moi ? a demandé Gabriel.

— Parce que tu es juste de passage. Daniel devient parfois tout bizarre et pense que nous, les sorcières, sommes trop fouineuses. Bien que si ce n'est pas toi, alors probablement moi et Liam. Il est un peu plus indulgent avec moi parce que je suis amie avec Zoe, ai-je expliqué, faisant référence à sa femme et ma meilleure amie.

— Pourquoi n'iriez-vous pas tous les trois au centre-ville demain ? a demandé ma mère, bien que ce fût plus une affirmation qu'une question.

Je me suis endormie bien plus tard cette nuit-là, me rendant compte que, pour la première fois depuis des semaines, je ne m'inquiétais plus de ce qui pourrait arriver aux bateaux passant près de Charm Cove.

CHAPITRE VINGT-ET-UN

Au final, personne n'a eu besoin de parler avec Daniel, du moins pas pour comprendre ce qui se passait. Nous lui avons parlé, bien sûr, mais c'était après que mon frère Gabriel ait fait sa magie en ligne. Une fois que nous avons établi le lien entre les deux sorciers impliqués et obtenu leurs noms, il a pu effectuer quelques recherches médico-légales supplémentaires sur internet.

Il s'est avéré que toutes nos pistes menaient dans la même direction, même s'il nous fallait encore relier tous les points. Le petit ami d'Amy, notre ami électricien, était le plus malchanceux du groupe. Oui, il avait été entraîné dans cette histoire en pensant qu'il s'agissait d'une simple plaisanterie, mais son patron espérait gagner pas mal d'argent avec le contrat du phare. Ils avaient prévu de vandaliser le phare pour s'en assurer, mais Lea leur avait involontairement rendu service en grillant elle-même le câblage.

Liam et moi avons appris cela lors d'une pause-café avec Amy et Clint le lendemain matin. Quant à l'enquêteur des Garde-côtes et l'autre sorcier de Salem, il s'est avéré qu'ils étaient liés à la famille Booth. Ils avaient promis à Jared Booth des revenus provenant du phare qu'ils avaient acheté dans une ville voisine.

Voyez-vous, en plus des frais et autres revenus que généraient les phares, ils constituaient une attraction touristique, ce qui signifiait plus de circulation touristique. Une ville au sud de Charm Cove, Windy Bay, possédait un vieux phare abandonné, laissé de côté pendant l'ère de la modernisation. Les deux sorciers de Salem avaient saisi la propriété quand elle était arrivée sur le marché. Ils ne voulaient pas s'embêter à dépenser beaucoup d'argent pour le rénover ; ils voulaient juste qu'il fonctionne. Alors, dans la veine du vol de magie — qu'ils pratiquaient déjà ici et là — ils avaient prévu de voler le sort pour leur propre phare. Leur plan à plus long terme était de continuer à vandaliser le phare ici jusqu'à ce qu'il ne soit plus utilisable.

Pourquoi ils voulaient voler mon sort de voyage, je ne savais pas. Ma meilleure hypothèse était peut-être pour voyager dans le phare, ou simplement parce qu'ils collectionnaient la magie.

L'amie d'Alice de Salem avait été une ressource précieuse. Elle avait pu combler quelques lacunes concernant les histoires familiales. Dans le monde des sorcières, il fallait être prudent en protégeant les informations et ne jamais poser trop de questions. L'amie d'Alice avait expliqué que ces deux sorciers avaient essayé de regagner du pouvoir pour Salem et en voulaient aux familles qui avaient quitté la région. Ils estimaient que nous avions abandonné d'autres familles de sorcières dans leur moment de besoin pendant les procès des sorcières de Salem.

Bien que Charm Cove soit un point de rassemblement pour les sorcières qui avaient quitté Salem, nous n'étions en aucun cas la seule communauté où les sorcières s'étaient réfugiées.

En résumé, entre l'amie d'Alice et les recherches en ligne de Gabriel, nous avons pu reconstituer le but derrière leurs actions.

Toutes les sorcières et tous les sorciers étaient plutôt inquiets, ne serait-ce qu'à cause de la tentative de vol de magie. Dans cette optique, ma mère, Lea, Jacob, Alice, ainsi que mon père et Liam, s'étaient tous rendus à la prison pour une visite. L'objectif ? Neutraliser les pouvoirs de ces deux sorciers.

Daniel, étant le défenseur des règles qu'il était, les a renvoyés, alors nous nous sommes tous présentés à la mise en accusation. Samuel et Daryl étaient inculpés pour des délits mineurs, et nous avons prédit qu'ils seraient libérés sous caution jusqu'à leurs procès. Les familles de sorcières de Charm Cove étaient présentes en force à la mise en accusation. Les tribunaux étaient publics, nous pouvions donc tous y assister.

Assise à côté de Liam dans la salle d'audience, j'ai jeté un coup d'œil aux deux sorciers. Je me souciais peu de ce qui leur arriverait légalement. Je voulais juste qu'ils perdent leur pouvoir. Comme prévu, nous étions éparpillés dans la salle d'audience, la plupart assis par paires. Liam et moi étions assis ensemble tandis que mes parents, Opal et Theo, Lea et Jacob, Celia et Delia, quelques-uns des Bishop, les Lévesque, et même Beatrice étaient répartis dans l'espace.

Il y avait suffisamment de sorcières et de sorciers prêts à agir ensemble pour complètement immobiliser les deux sorciers et leur retirer définitivement leurs pouvoirs. Notre seul défi était de le faire d'une manière qui ne soit pas évidente.

Une fois l'audience commencée, nous avons tous concentré nos énergies, l'air vibrant autour de nous. Ce ne pouvait pas être un sort spectaculaire, pas du tout. Nous avons collectivement su que c'était réussi lorsque les deux sorciers en question ont pivoté sur leurs chaises pour regarder autour de la salle d'audience.

ÉPILOGUE

C'était la veille de Noël, et la neige tombait du ciel comme de la poussière de fée scintillante saupoudrant le centre-ville de Charm Cove. Ces dernières semaines avaient été chargées. Entre la résolution du mystère du vol du sort du phare et l'organisation du festival de Noël, je n'avais pratiquement pas eu une minute à moi.

La parade de Noël était prévue pour le lendemain, et le marché artisanal battait son plein depuis une semaine entière. Je rendis la monnaie à notre dernière cliente de la journée, la saluant avec des vœux de fin d'année tout en la raccompagnant jusqu'à la porte principale. Quelques flocons de neige s'infiltrèrent lorsqu'elle sortit, la clochette tintant alors que je refermais et verrouillais derrière elle.

Pendant un instant, j'appuyai mon nez contre la vitre, contemplant le centre-ville. L'immense sapin décoré de lumières de Noël au centre de la place et toutes les devantures scintillant dans l'obscurité offraient un spectacle magique. À cette période de l'année, nous fermions à la circulation les quatre rues entourant la place du village pendant les trois jours précédant Noël et le jour même. On avait l'impression de faire un bond dans le passé. Une calèche contournait l'extrémité de la place. Les promenades en calèche autour du centre-ville en hiver faisaient partie intégrante du Charm Fest. Elles étaient très romantiques et particulièrement populaires.

En me retournant, je retournai l'écriteau sur « Fermé ». Les jumelles étaient déjà parties pour leur dernière représentation du *Casse-Noisette* de la veille de Noël. La boutique sentait encore le cidre chaud aux épices même si nous avions épuisé nos stocks pour la soirée. Après avoir vérifié l'arrière-boutique et lancé un sort de protection sur la porte, je rangeai tout à l'avant, fis le total des ventes du jour, puis glissai la pochette d'argent dans ma veste, avec l'intention de la déposer à la banque située à quelques pas d'ici.

Liam devait me retrouver dehors. En me dirigeant vers l'entrée, je le vis qui m'attendait à la porte, levant la main pour me saluer. Enfilant mon manteau et passant mon sac à main sur mon épaule, je sortis par la porte principale, fermant à clé et lançant un sort de protection. Il faisait frais, et j'avais oublié mes mitaines. Mais la main de Liam était chaude autour de la mienne tandis que nous descendions la rue sous la neige qui tombait doucement.

Une fois la pochette d'argent mise en sécurité dans la boîte de dépôt de la banque, nous avons traversé la place. Nous devions retrouver amis et famille à l'Enchanted Spirits. Alors que nous approchions du sapin, Liam s'arrêta, faisant une pause pour me regarder.

— Quoi ? demandai-je.

Ses yeux brillaient dans la douce lueur des lumières de Noël accrochées à l'arbre. La neige flottait au-dessus de nous comme de la poussière de fée tombant du ciel. J'ouvris la bouche pour lui demander pourquoi il s'était arrêté, mais dès que je vis l'expression dans ses yeux, mon cœur se mit à battre la chamade.

Je frissonnai, même si je n'aurais su dire si c'était dû au froid ou au moment lui-même. Liam fit un pas plus près, glissant un bras autour de ma taille. — J'avais l'intention d'attendre, mais le moment me semble parfait, murmura-t-il.

— Le moment pour quoi ? demandai-je, mes mots sortant presque dans un souffle.

Ce qui était un peu ridicule de ma part.

L'instant semblait immense, l'air autour de nous chargé de sens. Pendant trop longtemps, nous avions pris notre destin à la légère. C'était difficile de faire autrement. Le monde moderne ne laissait pas de place pour ce genre de choses. Les sorcières et les sorciers devaient tout garder secret.

Bien sûr, on parlait beaucoup de spiritualité et autres, et certaines personnes se proclamaient ouvertement sorcières. Petite précision : quiconque se baladait en parlant ouvertement d'être une sorcière ne l'était probablement pas. Il y avait peu de certitudes dans la vie, mais celle-ci en était probablement une.

En un éclair, je me sentis légèrement dépassée.

— Soit nous faisons ça à notre façon, soit on va nous harceler jusqu'à ce qu'on le fasse, murmura-t-il.

— Alors faisons-le à notre façon, répondis-je.

Il leva les yeux des miens un instant, se penchant en arrière et regardant vers le ciel. La lune était visible à travers les nuages et la neige qui tombait, un halo flou dans le ciel sombre. Avec l'odeur du bois qui brûlait au loin, la neige qui tombait et les lumières des fêtes qui scintillaient autour de nous, Liam et moi avons finalement fait le premier pas vers notre destin.

Par une froide veillée de Noël enneigée, il m'a demandée en mariage, et j'ai dit oui. Ce n'était pas une surprise. Il ne m'avait pas encore montré les bagues, cependant, et c'était là la surprise.

Gardant un bras autour de moi, il déplia sa paume, utilisant son pouce pour rabattre le tissu qui les protégeait. Il y avait deux bagues en argent. L'une était un simple anneau et l'autre était sertie d'une opale.

— On les porte maintenant ? demandai-je.

— Oh, il y a une autre paire, dit-il en souriant lentement. Ce ne sont que les bagues de fiançailles.

Lorsque nous sommes arrivés à l'Enchanted Spirits quelques minutes plus tard, je ne voulais presque pas que quelqu'un remarque nos bagues. Bien que j'aie su aussi longtemps que je m'en souvienne que Liam et moi étions le couple choisi pour notre génération, cette partie me semblait d'une certaine façon privée. Pourtant, quand Liam croisa mon regard et me fit un clin d'œil, je cessai de m'inquiéter. Ce que nous avions était privé. Ce que nous pouvions représenter pour nos familles était autre chose.

Bien sûr, il y eut de nombreux toasts à notre futur mariage. Par miracle, personne ne nous a mis la pression concernant la date. Mais ça avait été notre plan depuis le début. Nous nous aimions et avions pleinement l'intention de nous marier pour toutes les bonnes raisons. Parce que ceux de la génération précédente portaient la connaissance des siècles, peut-être pourraient-ils arrêter de s'inquiéter un peu maintenant que nous étions officiellement fiancés.

Même Ghost semblait ravi quand nous sommes rentrés ce soir-là. Après avoir bondi de mon épaule au sol, nous nous sommes assis au comptoir de la cuisine pour savourer un dernier verre pendant qu'il passait un bon moment à renifler chacune de nos bagues.

———

Le jour de Noël s'est levé lumineux et clair. Les dernières neiges ont été soufflées vers la mer au lever du soleil, nous offrant un Noël blanc et une journée ensoleillée. Après le petit déjeuner chez mes parents, qui impliquait du cidre et du lait de poule alcoolisés — pour le petit déjeuner — et la famille de Liam qui s'était jointe à nous, nous nous sommes tous dirigés ensemble vers le centre-ville pour la parade de Noël.

Par miracle, malgré l'agitation autour du phare endommagé et du naufrage, nous avions réussi à rassembler tous les éléments pour que le Charm Fest se déroule sans accroc, y compris le point culminant qu'était la parade de Noël.

Si vous vous demandez qui a gagné le concours de chars,

c'était un outsider. À l'insu de tous les adultes, à l'exception de ma cousine Emma qui était responsable de la planification des chars du défilé, Celia et Delia avaient un char licorne. Bien sûr, il brillait de rose et de violet.

Je ne dois pas oublier de mentionner que le sort du phare avait fait sa magie, fonctionnant à nouveau sans interruption. L'enquêteur des Garde-côtes — secrètement sorcier — avait été accusé de vandalisme et relevé de ses fonctions. Entre-temps, un autre enquêteur avait été affecté à l'inspection du phare une fois les réparations terminées. La mésaventure alambiquée était emballée avec un joli nœud.

Dans la lignée des miracles, pour la première fois depuis des années, pas une seule personne dans nos familles respectives et étendues, à Liam et moi, n'avait eu quoi que ce soit à dire sur le moment où nous allions trouver notre destin.

Je ne retenais pas mon souffle pour que ça dure trop longtemps, mais j'en profiterais tant que je le pouvais. Mon destin était le mien, alors je le prenais à mon propre rythme.

Merci d'avoir lu Spells & Silver Bells - Édition française ! Si vous souhaitez être informé(e) de mes nouvelles parutions et autres actualités, inscrivez-vous à ma newsletter : subscribepage. io/35IYqX

Pour plus de bêtises, de magie et de chaos à Charm Cove, tournez la page pour un aperçu de The Great Maple Caper, le prochain livre de la série Wicked Good Mystery !

EXTRAIT : SPELLS & SILVER BELLS

MOIRA WICKED

Nous avons eu une tempête de neige hurlante pendant le week-end. Pour moi, la fin février représentait le cœur de l'hiver. À ce stade, la neige recouvrait Charm Cove depuis des mois. Même si les jours rallongeaient, il faisait un froid mordant sur la côte du Maine à cette période de l'année.

Un matin, Liam et moi savourions notre café au comptoir de la cuisine. C'était dimanche, et Persnickety Potions & Gifts était exceptionnellement fermé. Le seul moment où nous fermions la boutique était pendant cette petite fenêtre temporelle - après les premières semaines de janvier jusqu'au printemps. Les touristes commençaient à affluer en ville dès que le temps se réchauffait, mais nous avions encore quelques mois de paix et de tranquillité jusque-là.

On frappa à la porte. Liam me jeta un regard en glissant de son tabouret près du comptoir. Ses cheveux noirs étaient encore humides après sa douche.

— On attend quelqu'un ? demanda-t-il.

Je secouai la tête en sirotant mon café. Quand Liam ouvrit la porte, mon frère Gabriel se tenait là. Gabriel et moi partagions les mêmes cheveux noirs et yeux verts, bien que ses joues soient rougies par le froid. Il semblait avoir pataugé dans la neige, vu que ses bottes en étaient couvertes et qu'il y en avait même qui collait au denim de son jean.

— Entre, dit Liam en lui faisant signe de passer la porte.

Mon chat Ghost était opportunément positionné au-dessus de la porte sur son étagère préférée et tomba promptement sur l'épaule de Gabriel avant de rebondir au sol. Ghost avait été judicieusement nommé, non seulement parce que sa fourrure était blanche, mais aussi à cause de sa capacité à apparaître comme par magie.

Gabriel rit et s'agenouilla pour caresser Ghost. Mon frère aîné était revenu s'installer à Charm Cove quelques semaines plus tôt après un séjour en Californie où il réglait les derniers détails de son travail. Il avait officiellement expulsé Liam du cottage du gardien sur la propriété de mes parents. Étant donné que Liam habitait officieusement chez moi depuis des mois à ce moment-là, ce n'était pas vraiment un changement.

— Plus de café ? lançai-je tandis que Gabriel secouait la neige de ses bottes et les retirait près de la porte.

— Content d'en prendre si tu en offres, répondit-il en s'approchant du comptoir, mais ce n'est pas pour ça que je suis là.

— Qu'est-ce qui se passe ? demanda Liam en se réinstallant sur son tabouret et en tapotant celui à côté de lui.

Gabriel s'assit à côté de Liam, se débarrassant de sa veste et la suspendant au dossier du tabouret. Je me levai pour prendre une tasse dans le placard et la remplir de café. La faisant glisser vers Gabriel tout en reprenant ma place en face de lui, j'indiquai d'un signe de tête la crème et le sucre.

— Sers-toi. Alors... laissai-je ma phrase en suspens.

— Attends, laisse-moi prendre une gorgée de café.

Gabriel ajouta un peu de crème et prit une grande gorgée, soupirant et m'adressant un sourire.

— Délicieux. Tu le fais toujours bien corsé.

Je fis un geste circulaire de la main, lui indiquant de continuer.

— D'accord, d'accord. Vous savez que c'est la saison du sucre d'érable, alors j'ai gardé un œil sur les arbres. La semaine dernière, j'ai mis en place quelques robinets d'essai et terminé l'installation des lignes gravitaires à la ferme.

— Oui, j'ai installé deux robinets la semaine dernière, intervint Liam. Je prévoyais d'aller les vérifier aujourd'hui.

La saison de l'érable commençait en plein cœur de l'hiver, généralement entre mi-février et mi-mars. Cela se passait partout en Nouvelle-Angleterre et dans une grande partie du Canada. Je connaissais un peu l'acériculture, même si je n'étais pas une experte. De nombreuses familles le faisaient juste pour elles-mêmes, tandis que d'autres en faisaient une activité secondaire, et d'autres encore avaient des exploitations à part entière.

Les familles Wicked et Good avaient un mélange des deux. Mes parents entaillaient toujours quelques arbres et fabriquaient leur propre sirop d'érable chaque année. Avec son retour à la maison, Gabriel avait décidé de vouloir revitaliser l'ancienne entreprise acéricole qui était devenue inactive à la mort d'un de nos lointains cousins Wicked. La propriété était simplement restée là, et Gabriel en avait hérité après le décès de notre cousin.

Dans la famille Good, les parents de Liam le faisaient occasionnellement comme les miens, mais son cousin Nathan Good, qui gérait le phare Beacon's Charm, dirigeait également une entreprise acéricole. La saison de l'érable était une affaire sérieuse pour certaines personnes dans le Maine.

Gabriel prit une autre gorgée de café et passa sa main dans ses cheveux.

— Eh bien, je serais curieux de savoir si vos seaux sont toujours là.

— Pourquoi dis-tu ça ? demanda Liam.

— Parce que je suis allé voir les deux arbres que j'avais testés là où nous le faisons habituellement sur la propriété ici, et les seaux ont disparu. Les nouvelles lignes que j'ai installées ont été coupées. Maman a dit que ses seaux avaient aussi disparu. Tu sais qu'elle a son arbre préféré juste à côté de la maison, expliqua Gabriel.

— Hein ? dis-je. Mes compétences conversationnelles n'étaient pas au mieux les matins d'hiver froids quand je pouvais faire la grasse matinée.

Pour le moment, je considérais cela comme une légère curio-sité. Liam se leva et se dirigea vers le porche arrière, enfilant ses bottes près de la porte.

— Je vais vérifier tout de suite, lança-t-il par-dessus son épaule en passant la porte pour aller sur la terrasse arrière.

Je jetai un coup d'œil à Gabriel.

— Tu penses que c'est juste aléatoire ?

— Eh bien, c'est une sacrée coïncidence que mes seaux et ceux de maman aient été volés.

Je bus une gorgée de mon café, pensant que c'était probable-ment juste une farce d'un adolescent. Liam revint quelques minutes plus tard pour nous informer que ses deux robinets n'avaient plus de seaux.

Considérant que les sorcières et les sorciers abondaient ici, quelqu'un pouvait certainement être en train de faire des bêtises, mais c'était assez bénin si tout se limitait au vol de quelques seaux de sève.

À la fin de l'après-midi, il était tout à fait clair que ce n'était pas une farce aléatoire. Plusieurs des principales exploitations acéricoles avaient toutes signalé que chaque seau de sève d'érable avait disparu et que les lignes gravitaires, qui transportaient la sève vers les systèmes de production de sirop, avaient été coupées. C'était un vol majeur de sirop d'érable et une catas-trophe financière potentielle pour les entreprises acéricoles.

Le sirop d'érable était une industrie florissante dans toute la Nouvelle-Angleterre. Chaque fois que je pensais au sirop d'érable, j'imaginais ces vieilles cartes commerciales où l'on voyait les flèches encerclant le globe pour indiquer le chemin des marchandises. Le sirop d'érable partait de la Nouvelle-Angleterre et du Canada pour aller partout dans le monde.

Les gens étaient simplement déconcertés. Qui au monde volait de la sève d'érable brute en masse ?

L'entreprise de bonbons à l'érable de la ville était sur le pied de guerre. C'était un tel brouhaha qu'une réunion municipale fut convoquée et tenue à Enchanted Spirits. Un bar avait été choisi comme lieu parce que les gens étaient tellement stressés qu'ils avaient besoin de boire quelque chose.

À la fin de la soirée, Nathan Good avait baptisé l'événement Le Grand Casse de l'Érable. Il était plutôt ivre quand il fit cette proclamation, mais ça collait parfaitement.

———

Si vous souhaitez être informé(e) de mes nouvelles publications et autres actualités, inscrivez-vous à ma newsletter : subscribepage.io/35IYqX

A Stormy Spell
A Stitch of Magic
Bee Charmed

Série Lemon Tea Cozy Mysteries
Witch You Wouldn't Believe
A Spell to Tell
Witch is When it Gets Crazy

A Stormy Spell
A Stitch of Magic
Bee Charmed

Série Lemon Tea Cozy Mysteries
Witch You Wouldn't Believe
A Spell to Tell
Witch is When it Gets Crazy

Lucy May adore le café, les chiens, la cuisine et l'écriture. Elle est une Sudiste déplacée vivant dans le Maine. Elle a appris à apprécier les quatre saisons, mais elle regrette toujours les étés paisibles du Sud. Elle aime imaginer qu'elle aurait pu être une sorcière dans une autre vie et croit toujours en la magie. Elle passe son temps à créer des histoires paranormales amusantes, sarcastiques et sensuelles.

Facebook

www.ingramcontent.com/pod-product-compliance
Lightning Source LLC
Chambersburg PA
CBHW071419300726
48976CB00004B/1178